# 선릉과 정릉

# 선릉과 정릉

## 전욱진의 2월

차례

# 작가의 말

# 어두운 포옹

단념하기 좋은 달이라고
기지개 켜며 혼잣말할 때
누군가는 그걸 체념이라 했다

어디선가 들리는
합창부 아이들 노래 연습 소리
그 노래 후렴구를 내가 안다

피아노를 옮기는 사람이 보인다
이제 그걸 두고 나는 연주한다
말하지 않는다

아무도 알아주지 않아도

마음을 다하는 사람들이 있다
요즈음 자주 하는 생각이다

밝은 것과 어두운 것이 손잡고 가고
저 둘이 같이 있어도 된다는 사실을
아무도 알려주지 않았지만

절망과 싸우느라 한데 뒤엉켜
부둥키고 뒹구는 내 모습을 보며
나 혼자는 그걸 사랑이라 한다

# 2
# 월
# 1
# 일

## 시

# 믿는 사람

보고 싶은 사람은 어제에 있고
영원의 근처를 나는 서성인다
이제 무슨 일이든 일어나야 하는데

그때

천천히 내 앞에 굴러오는 작은 공
나는 모르는 체하며 지날 수 있고
수풀이 있는 데로 내던질 수 있다

그러나 눈빛을 먼저 건네고 있는
그들이 아무쪼록 받을 수 있도록
포물선을 그리게 잘 던져주는 것

이곳에서 나의 기쁨이란 이런 것

보고 싶은 사람은 어제에 있고
이렇게 나는 또 날짜를 스스로
조용히 옮겨적고 있지만

그 사람은 내가 다가온다 말하고
나는 그 사람이 내게 온다 말한다

눈이나 비처럼
하나하나 온다는 것

이곳에서 나의 슬픔이란
이런 것이다

# 2월 2일

# 시

# 선릉과 정릉

마음을 잃는 사람과 함께 걷는다
살려면 먹어야지, 식당을 찾아서

옆의 사람이 오늘밤 죽을까봐
하루종일 붙어 있을 작정이다
타고 있는 불을 숲에
내버려둘 수는 없었다

새들이 멀리 떠나고 있었다
나는 돌아오고 있다 말했다

그의 얼굴이 빛에 따라
조금씩 다르게 느껴졌는데

얘기는 하지 않았다
침묵이 편한 것만은 아니었고

우리는 아주 오래 이동한 거 같았다
사막에 사는 이들이 물과 풀을 찾듯

그때 어떤 나이든 사람이 벤치에 앉아
삶은 달걀을 까서 먹는 모습이 보였다
그리고 아까 한 말, 살려면 먹어야지

삼켜야만 하는 다른 많은 죽음이
우리에게는 아직 더 많은 죽음이
준비되어 있다 거의 말할 뻔했다

다만 사랑하지도 미워하지도 말자
누군가 했던 말을 내가 꺼냈을 때
곁의 그는 몸에 불이 붙은 채
여름을 걱정하는 사람 같았다

왔던 길로 되돌아가는 동안
위에서 아래로 자꾸만
떨어지는 것들을 바라보며 너는
다시 태어나고 있다고 말했다

# 2월 3일

# 편지

## 계절 서간
—봄

부치지 않을 편지를 씁니다. 그러니 당신이 볼 리 없는 글인데 왜 까닭 없이 쑥스러울까요. 안부조차 묻기도 뭐하지만, 궁금합니다. 그곳에서, 잘 지내나요? 내 근황으로 말하면 그저께 새집으로 이사를 왔습니다. 부려놓은 짐을 아직 정돈하는 중이에요. 그래서 정신이 하나도 없고요. 아까는 전입신고를 하러 동사무소에 들렀는데, 깜빡하고 집에 신분증을 두고 나온 거 있지요! 하는 수 없이 발길을 돌려 근처 카페에 들어와 앉아 이 글을 쓰는 겁니다.

그러니까 지난겨울 어느 저녁 여느 때같이 야근을 마치고서 돌아오는 길에, 이런 결심이 섰어요. 서울을 떠야겠다고. 불쑥 참기 어렵다는 느낌이 든 거예요. 아침마다 거리에 넘치는 쓰레기와 토사물을, 가득가득한 승객으로 터질

거 같던 출근길 지하철을, 요란한 간판을 단 음식점 앞에 한 줄로 선 긴긴 인파를. 어떤 영화에 나온 대사처럼, 글쎄 살다보면 그럴 때 있잖아요. 뭐든 더이상 참을 수 없어질 때가. 그래서 얌전하고 깔끔하게 지낼 수 있는 데를 물색했고, 때마침 이곳이 눈에 띄었던 거지요.

도착한 후 이삿짐을 나르고 나선, 전에 살던 이가 떨어뜨리고 간 머리카락이 많아 빗자루로 한참 쓸어야 했어요. 그러는 동안엔 그 사람 생김새를 궁금해했고. 또 공간에도 마음이 있다면, 한 사람이 오래 머물던 자리가 곧장 다른 이의 것으로 바뀌는 모습을, 그저 들여다보아야만 하는 그 마음은 어떨까. 공연히 궁리하며 걸레로 바닥을 훔쳤습니다.

상자 안 물건을 하나하나 꺼내어 옮길 때는, 이제는 버려야 할 것과 계속 지니고 살 것을 분류했어요. 쓰지는 않으나 버리긴 아쉬운 물건도 몇 있었습니다. 이를테면 스무 살 때 산 라디오. 너무 오래되어 주파수를 잡을 수나 있을지 의심스럽지만, 먼지가 꽤 앉아 있길래 일단 말끔히 닦아놓았어요. 지금은 이렇게나 깨끗한데 시간 지나 더께로 다시 쌓인다는 사실은 아무래도 억울한 일입니다.

이사 온 집은 남향이라 정오가 지나서도 빛으로 환합니다. 그래서 몸을 움직일 때마다 내가 일으키는 먼지가 눈에 잘 들어와요. 어디서 들은 건데, 집먼지의 꽤 많은 부분이 사람한테서 나온다고 합니다. 그래서 생각했어요. 이처럼 느릿느릿 부서지는 인간은 서식지를 옮기며 오래 알고 지내던 이들과 헤어져야 하고, 전혀 생각지 않은 곳에서 알지 못하던 이들을 만나, 새로운 생활을 다시 시작해야 하는 거구나. 그러고 보면 방금 닦아낸 먼지는 이 안에 잠시 머물다 간 사람의 미세한 흔적일 수 있겠다. 이런 생각에까지 닿으면 먼지 한 톨도 괜히 애틋해지지만. 먼지는 끝내 먼지고, 쌓이면 기관지를 괴롭히는 법이니까. 이럴 때는 그저 창문을 활짝 열고 환기를 해야만 하겠지요.

이곳은 바람이 참 많이도 붑니다. 드르륵, 스르륵, 쉬쉬. 내가 앉은 카페 바깥으로 무언가 계속 흔들리며 이런 소리를 내고 있어요. 내 안에서 나는 소리인지도 모르지요. 또 이곳에는 나무가 많아 어디에다 눈길을 둬도 결국 초록빛에 가닿게 됩니다. 지금으로부터 시간 더 흘러 앙상한 가지만 드러나 그 위로 창백한 눈 쌓일 때쯤. 이곳에서의 나는 무엇을 알게 될까요. 또 그 가운데 무엇을 모른 척하고 싶어질까요. 방금 막 카페 안에 남매로 보이는 어린 사람 둘이 무슨 대화를 나눴는데, 이런 말이 내 귀에 들렸습니다. *네가 어른이 됐을 때의 모습을 상상해봐. 음 내가 어른이 되면……* 듣고 나니 재채기하고 싶은 표정이 되어버렸어요. 내게 어른이라는 것은 늘 하나의 가설, 아직 오지 않은 먼 미래의 상태 같은 거였는데. 이제 그 누가 아저씨라 불러도 이상하지 않은 나이가 되어 고향 떠나 서울로, 그리고 지금은 이곳으로 오게 되었으니까. 그럼 우린 언제 어른이 되는 걸까요?

곧 저녁입니다. 어두워지면 이곳에는 사람도 짐승도 지나지 않아 무척이나 호젓해지지요. 아무도 타지 않은 버스만 어쩌다 지나가고, 신호등에는 노란빛이 계속 깜빡거립니다. 바람에 흔들리는 나무들은 시야에 가득 들어와, 그래서 굳이 눈을 감지 않아도 앞이 깜깜한 곳. 그렇게 보고 싶은 사람들의 얼굴은 더 또렷해지고 눈감아보면 문득 그들의 목소리가 들리는 것 같습니다. 그럼 난 오래된 라디오 같은 게 되어선, 그들이 나한테 들려준 자상한 말을 소리 내보아요. 이곳에서 그건 완전한 혼잣말이지만 그게 퍽 슬프진 않습니다. 그 사람들을 나는 계속 지니고 살 것으로 분류해 놨으니까. 그리고 거기에는 늘 당신이 꼭 포함되어 있지요.

그러니 꿈에라도 놀러오길. 당신이 이리로 와 나랑 같이 웃으면 좋겠습니다.

# 2 월 4 일

## 에세이

## 종점 일기 1
### —내가 보는 모든 것

종종 아무 버스에나 올라 노선 종점까지 간다. 그런 날에 볼일은 없고 볼 일만 있고. 옮아갈 때마다 처음으로 대하는 그 어떤 장소, 그러나 왠지 이미 지나온 것만 같은 그 어떤 시간. 바로 그때 그곳에 내가 마주하는 사람들과 사람 아닌 것들. 가다 서다를 반복하며 향하는 길은 평평하다, 오르락 내리락하다, 너르다가, 좁다가. 그런 길을 어쩌다 같이 쓰게 된 사람들과 사람 아닌 것들 옆에서 나는, 내 눈에 입장하는 이 모두에게 소리 없이 이런 말을 들려준다.

내가 보는 모든 것이 나보다 오래 살아남을 것이다.

러시아의 시인 안나 아흐마토바가 한 말. 그러니까 너희를 지금 죽게 하지 않겠다는 말. 하지만 이런 마음 몰라주고 나와 같은 속도로 풍경을 지나치는 이들은, 서로 말 한마디 섞지를 않으니 아무래도 우리는 정말 타인이구나.

끊임없이 변하는 정경에서 눈 돌려 버스 안을 둘러본다. 아까부터 옆에 내내 졸며 어깨를 빌리던 사람이, 이제는 고개를 젖힌 채로 입을 벌리고 잔다. 그 모습에 설마 죽은 건 아니겠지, 공연히 염려스러운데. 문득 그가 고개를 바로 한 다음 눈을 끔벅대더니, 내리려면 아직은 멀었는지 다시 눈 붙이는 모습. 그제야 마음이 좀 놓이고.

방금까지 내일 하루의 작정과 올봄의 일정까지 도모하던 연인. 그중 한 사람이 막 하차해서는, 버스에 남은 자신의 짝에게 보란 듯 양팔로 하트 모양을 그린다. 남은 이도 웃으면서 그에 자그맣게 화답하고. 차가 출발하기 전, 그렇게 둘은 눈을 떼지 않으며 같은 이유로 서로를 바라보다 결국 멀어지게 된다. 이제 혼자 남은 이의 모습은 방금 잠에서 깬 사람 같고.

맨 앞에 앉은 나이든 사람이 휴대전화를 만지작댄다. 느릿한 속도로 문자메시지를 보내고 있다. 노인이 읽고 쓰는 큰 글자는 멀리서도 잘 보이는데, 항암, 이라는 두 글자가 눈에 들어온다. 그러고는 앨범으로 들어가 색색으로 핀 들꽃 사진, 활짝 웃고 있는 손주 사진, 어느 산 정상 바윗돌 옆에 서서 찍은 사진. 조그만 화면 안에 그의 지난날이 계속 펼쳐진다. 나는 그가 앞으로 가야 하는 길도 감히 조금 헤아려보고.

그렇게 버스 안을 들락날락하는 사람들. 이 커다란 자동차가 데리고 가는, 내겐 궁금한 것일랑 전혀 없다는 듯 그저 흔들리는 뒷모습으로 나를 바라보는 이들을 살핀다. 그러다 차가 강을 건널 즈음, 뉘엿한 햇빛이 통로를 거닐면, 그 빛의 경로를 따라 숙여 있던 고개들이 조용히 올라오고. 반짝이는 잔물결을 예뻐하려 모두가 창밖으로 시선을 고정하는 그때, 이 광경을 내가 얼마나 사랑하는지.

결국 승객은 나 혼자만 남았을 무렵, 종점에 다다른 버스의 시동이 꺼진다. 그대로 나서면 나약하고 화사한 2월 햇살이 마른 나무 그림자를 드리우는 곳. 곁을 흐르고 스치고 가로질러 지나간 것이 모여 있는, 그 풍경 안으로 들어가는 일은 나의 유일한 권능.

이곳까지 데려다준 것과 같은 번호의 노선버스가 저기 간다. 아직 아무도 그 안에 들지 않았다. 저 앞 정류장에도 사람은 없어서 속도를 줄이지 않고 그곳을 지나친다. 그러고 보면 2월은 저 널따랗고 기다란 차 같지. 돌아오지 않을 것처럼 멀어지지만 그 일조차 결국 다시 돌아오기 위한 일. 정차하는 장소같이 나는 오래 기다렸던 적도 있다. 시간을. 시간의 얼굴을 한 사람을. 내 안에 잠시 깃들어 살다 영영 떠나겠다, 그러고는 다시 오지 않을 것처럼 굴다 끝내 언제나 되돌아오고 마는.

이런 생각이 아니라면, 나 하나에 관해서는 굳이 해명할 것이 없다는 느낌이 들고. 그렇게 앞이 조금은 막막해지지만, 그렇다고 더 나빠질 건 없다. 단지 코 안에 든 맑고 싸늘한 공기가 입 밖으로 나올 때는 탁하고 뜨듯해진다는 것. 나의 안개가 열어지고 사라질 때 언젠가 그 누군가가 건네는 말이 되어 내 귀에 다시 들어올 것임을 알고 사는 것. 그런 날을 위해 귀 뒤를 깨끗이 씻고 손톱을 바짝 깎고 팔꿈치에 로션 잘 바르고 빗질을 게을리하지 않는 것.

또다른 버스가 나를 지나쳐 간다. 사람들을 싣고 움직인다는 점에서, 저것과 나는 다르지 않구나. 생각이 같은 자리를 맴돌고, 끝이 내 앞으로 계속되고 있다. 이런 것을 두고 시작이라 부르는 사람이 되고 싶었다.

# 2월 5일

## 노트

## 무드 인디고

내 몫의 빛을 전부 잃고 집으로 돌아오는 날이 있습니다. 실수로 그만 하수구 같은 데에 빠뜨렸을 수도 있고요. 으르고 협박하는 누군가에 순순히 내줬을 수도 있지요. 아니면 그저 스스로 깜깜하고 싶어, 어디 멀리 내다버리고 왔을 수도 있습니다. 어쨌든 그렇게 빛을 잃고 난 몸안은 정말로 어둑어둑해져선, 느른해진 상태로 침대 위에 곧장 쓰러지고 말아요.

누구나 그런 순간이 있습니다. 그때 누군가는 맛있는 배달 음식을 바로 주문할 수도 있겠지요. 누군가는 좋아하는 영화를 얼른 화면에 띄워 재생할 수도 있고요. 누군가는 사랑하는 사람의 목소리를 듣기 위해 전화기를 들 수도 있습니다.

그런 순간에 나는 어떻게든 기어서 음악 밑으로 향하는 사람입니다. 기운을 줄 만한 레코드판을 신중히 골라 턴테이블에 올리고, 버튼을 눌러 회전시킨 다음, 그 위에다 바늘을 살살 옮겨 음악이 흘러나오도록 하지요. 새삼 기이한 물건 아닌가요. 옷을 짓고, 물고기를 낚고, 예방약을 주입하고, 문신을 새기고. 이렇게 쓰이던 바늘이 소리까지 퍼뜨리다니요. 곧 좁은 방안을 그득하니 채우는 선율. 그 음의 높낮이를 따라 사람의 마음도 넘실대기 시작합니다. 그러는 동안 소진했던 빛이 귀에서부터 시작해 안쪽으로 천천히 채워지는 느낌을 받아들입니다.

오늘 재생한 음악은 듀크 엘링턴의《Ellington Indigos》. 그가 연주하는 피아노와 그가 이끄는 악단의 갖가지 악기는 소리를 통해 세련된 건물을 지으려는 것 같기도 하고, 나무로 가득한 숲을 만들려는 것 같기도 합니다. 프랑스의 소설가 보리스 비앙은 자신의 작품『세월의 거품』에서 이렇게 말했습니다. 인생에서 가장 중요한 것은 단 두 개뿐, 아리따운 이들과의 사랑 그리고 뉴올리언스재즈나 듀크 엘링턴의 음악. 나머지는 사라져도 좋다고 덧붙이지요. 추하기 때문이라나요. 다소 과격한 언사지만 앞선 그 두 가지가 중요한 것만은 이미 나도 잘 알고 있습니다.

듀크 엘링턴의 음악을 듣고 있으면 어느 가을밤 창문이 열려 방안은 사늘하지만, 내 몸은 도톰한 이불을 폭 덮은 듯 거저 포근한 느낌이 듭니다. 그러다 그 이불이 확 걷히고 마는데, 듣자 하니 A면에 수록된 곡이 다 재생된 거지요. 겨우 일어나 레코드판을 B면으로 뒤집으면 그렇게 나는 이 음악에 관여하는 사람이 되고, 피아노 소리가 다시 흘러나오기 시작합니다. 자신은 연주하는 것이 아니라 피아노를 통해 꿈을 꾸는 것이라던 듀크의 말이 문득 떠오릅니다. 빛을 잃어 흑백 화면이 되어버린, 소리가 나지 않던 내 현실에 타인의 꿈이 개입합니다. 음악을 듣는 일이란 이런 것 아닐까요.

비앙의 초현실적 소설 속에서는 듀크 엘링턴의 음악으로 인해 주인공이 사는 방의 모양이 마구 달라지는데요. 나 역시 이 멜로디를 따라 내 방 천장에 띄워진, 그 모습을 자꾸

바꾸는 영상을 묵묵하게 바라봅니다. 그 안에는 내가 모든 방식으로 사랑했던 아리따운 사람들이 있고, 그들도 지금쯤은 가만히 내 생각을 할 것 같습니다. 다시 이불을 머리끝까지 폭 덮고서 그럼 마음껏 그러라고, 오늘밤 나는 내버려 둡니다. 그렇게 한숨 푹 자고 일어나면 내 몸속도 내 방안도 부시도록 환해져 있겠지요.

# 2 월 6 일

# 시

# 나는

사랑하고 오는 길에
나지막이 오래도록 이어지는
빛을 통해 문득 알게 되었다

이제 나는 지는 해를 바라보며
한 사람의 얼굴을 떠올리는 사람

혼자 걷다 그만 넘어진 이에게
다가가 먼저 미안하다 말하는 사람

세상의 오해와 맞서는 이의 곁에
가까이 서서 그의 편을 드는 사람

그러니까 도무지 사랑해서
그 빛에 자주 눈이 시린 탓으로
내리 걷다가 닿은 바닷가에서도

전속력으로 해변을 달리는 이가 보이면
끝내 늦지 않기를 조용히 응원하는 사람

바다 앞에 어정대다 결국 웅크려서
어깨를 들썩이는 이의 옆에 앉는 사람

눈으로는 파도를 쓰다듬으면서
한 사람을 내내 생각하는 사람

2

월

7

일

# 편지

## 계절 서간
—여름

요 며칠 하늘이 무척 흐렸는데 오늘은 볕이 과하단 느낌이 듭니다. 지나친 빛을 쬐고서 자란 이곳 나무들은 사람이 다니는 길 위에까지 그 푸짐한 잎을 늘어뜨리고, 그들 자신조차 가파른 성장세를 놀라워하는 듯해요. 너머론 널따란 구름이 뭉게뭉게 펼쳐져 있습니다. 이 모습을 본 누구나 이제 정말 여름, 이렇게 말하겠지요. 이처럼 맑은 날엔 어쩐지 진실한 마음을 지닌 사람이 되고 싶어집니다. 그래서 꽤 용감해져선 조금 먼 카페까지 부지런히 걸어 도착했는데, 그만 땀을 너무 많이 흘려버린 거예요. 얼굴은 익어서 벌겋고 이마 위에 앞머리는 갈라져 인상이 퍽 궂었을 텐데, 거기다 하필 회색 티셔츠까지 입은 탓에 땀자국이 고스란히 배어 있지 뭐예요. 거의 녹아내리는 중인 한 손님에게 차가운 아메리카노를 내어준 사장님도 이제 정말 여름, 혼잣말하셨겠지요. 그렇게 자리에 앉아선 당신에게 편지를 씁니다.

테라스 차양에 달아놓은 풍경이 맑게 울리고 있습니다. 그 소리가 크지 않아 바깥에는 연한 바람 부나보다, 생각합니다. 이어서 오구작작 모인 어린이들 웃음이 들려오고, 그 소리가 밝아 이제 막 학교 끝났나보다, 혼자서 여기지요. "이 세계의 대부분은 비가시적"이라고 했던 한 과학자의 말이 문득 떠오릅니다. 그럼 한번 눈을 감고 내 몸에 가둬놓은 소리를 하나씩 꺼내볼까요. 이른 아침 멀리서 새들이 지저귀는 소리, 산들바람에 흔들리는 느티나무 잎사귀 소리. 고인 빗물 위에 비가 오는 소리, 쌓인 눈밭 위에 눈이 내려 더해지는 소리. 스스로 평생 휘몰다 끝내 하얗게 도착하는 파도 소리. 그런 바다에 깎이고 깎여 순해진 몽돌 구르는 소리. 초저녁 어느 가정집 수저랑 그릇 부딪히는 소리. 침대 위 곤히 잠든 아기 고양이 무릎 열리는 소리. 그리고 아름다운 것을 생각할 때마다 나도 몰래 쉬어지는 긴 한숨 소리.

눈에 보이지 않는 것으로부터 마음이 생겨나고 또 몸이 움직여진다는 건 새삼 신비롭습니다. 제일 먼저 떠오르는 건 역시 음악이에요. 어떤 음악은 가만히 있던 나를 노래하게 만들고, 결국 춤까지 추게 하지요. 특히 샤워할 때 난 거의 브루노 마스라 할 수 있는데, 아무도 안 볼 땐 누구나 이소라고 김광석이고 BTS고 뉴진스일 거라 짐작하면, 어떤 사람이든 갑자기 무진장 귀여워집니다. 그리고 그 짧은 순간, 우리는 평소와는 전혀 다른 방식으로 이 세상을 만나게 되는 거니까, 음악이란 건 참 귀하지요.

그래서 턴테이블에 레코드판을 올린 다음 가만히 앉아 듣는 일이 내가 지닌 기쁨 중 하나인데, 지금 쓰는 그 물건은 오래전 어느 크리스마스, 절친했던 친구에게서 받은 선물입니다. 지금은 만나지 않는 사이가 되었고요. 애틋한 마음 같은 건 별로 남아 있지 않지만 아주 가끔 판을 뒤집는 순간, 역시 이상하네, 하고 혼자서 말합니다. 한때 소중히 여긴 누군가가 곁에서 뿅, 사라지고. 어리둥절해하다 슬퍼하다 얼마 안 있어 그런 상태에 익숙해진다는 건. 그렇게 아무렇지 않아지고 다시 일상을 지어나가게 된다는 건 말입니다. 다만 이따금 내 안과 밖에 그 사람이 두고 간 것을 마주할 때마다 조금 궁금해지긴 합니다. 사람을 사라지게 하는 마술의 비밀을. 이런 의문이 들 때 내가 시간이라 부르는 것은 자주 마술사의 얼굴을 하고 있고. 그의 옆에 나는 도우미였는지, 아니면 관객이었는지 더는 알 수 없는 상태가 되어선 이젠 그리 놀라워하지도 않는 채로 서 있습니다. 하나 가끔 아무렇지 않을 수 없을 때가 있어, 바람 빠진 풍선같이 널브러져 있고 싶고 그렇게 한 이틀 정도 자다 깨고 싶지만. 이럴 때일수록 기운 내어 일상을 힘껏 붙들어야 한다는 걸 잘 알고 있지요.

그래서 오늘 나의 하루에 관해 말하자면, 이렇습니다. 아침에 일어나 어저께 산 무화과가 든 빵을 먹었고. 당신한테 편지를 쓴 다음, 카페에서 책을 좀 읽을 겁니다. 집으로 가선 저녁으로 콩나물밥을 해 먹을 거고. 어떻게 하면 끝내주는 양념장을 만들 수 있을까 잠시 궁리할 거예요. 먹어보고 맛있으면, 나중에 내가 좋아하게 된 사람들에게 대접할 수도 있겠지요. 그 광경을 그려봅니다. 물론 그런 장면에는 항상 당신이 끼어 있고. 지금은 머릿속에만 있는 장면이 언젠가 현실이 될 수도 있겠습니다.

# 2월 8일

## 동시

# 태어날 조카를 위해 쓴 동시들

## 바람도 가끔

나부끼며 펄펄 소리 내는 깃발
춤추며 훌러덩 소리 내는 빨래
돌아가며 팔랑 소리 내는 바람개비
흔들리며 오소소 소리 내는 나뭇잎

그리고

마구 헝클어지다
앞머리 사이 시원해진 내 이마

바람은 늘 다정해서 먼저

마주보면 인사를 건네요
덕분에 친구가 참 많지요

그런 바람도
가끔 혼자 있고 싶을까요?

아무한테나 말 걸지 않고 토닥이지 않고
방문을 닫은 채로 바람도 혼자서 조용히
가끔은 그렇게 있고 싶을지도 몰라요

## 가을 시합

가을에는 누가 멀리 떨어지나
시합하는 낙엽들이 많습니다

지하철역까지 나풀나풀 떨어져
지하철 타고 종점까지 갔다는
은행나무 낙엽이 작년의 우승자

가을 운동회 이어달리기같이
총소리는 없어도 알아서 시작!

책 읽다가 말고 나도 고개 들어서
가을바람 타고 나풀나풀 떨어지는
불그스름 노르스름 아무나 이겨라

올해에는 누가 멀리 떨어지나
시합하는 낙엽 요리조리 많은데

펼쳐진 책장 위로 바스락 떨어져
책갈피가 되는 단풍나무 낙엽 하나
이야기 속 주인공 조각배 타고 마침
바다로 멀리멀리 떠나려던 참입니다

책 덮고 나 혼자서 우승자를 정했지요

## 다목적실

하루는 드디어 다목적실 한쪽 벽에
가만히만 서 있던 해골이 말했습니다

있지
정말 많은 일이 일어날 거야
키가 크고 목소리는 변하고
몸 여기저기에 털이 자라겠지
치러야 할 시험도 점점 늘어날 거란다
누군가에게 이렇게 말하는 날도 있겠지
사랑한다고

그러는 동안에도 이것만은 잊지 말렴

너는 언젠가 나처럼 된다는 사실을

다목적실 그 해골은 이 말을 끝으로
다시는 다시는 입을 열지 않았습니다

## 민들레 작별

곧 뿔뿔이 흩어질 텐데
마지막으로 서로에게 할말은 없어?

—어디서 피어나건 몸조심해야 해!
—벌하고 나비 통해 가끔 안부 전할게!
—다들 아름다운 여름 보내!

다 됐니?

—응!

숨을 크게 들이쉬고
또 보자는 마음으로
길게 내쉬는 한숨 하나

2

월

9

일

에세이

## 종점 일기 2
### —죽음이 찾아오면

저 앞에 사고가 났나보다. 부서진 자동차 잔해가 널브러진 채 도로에는 까맣게 생채기가 났다. 가던 길 멈추고 구경하는 사람들이 제법 모였다. 멀리서부터 사이렌 울리며 구급차가 달려오는 소리. 내 마음도 덩달아 다급해지고. 얼마 안 가 반파된 자동차 한 대가 눈에 들어온다. 바로 옆에 손으로 머리를 누르면서 아파하는 사람은 그 운전자 같은데, 다행히 생명에는 지장 없어 보인다. 차체에는 검은 연기가 가느다랗게 피어오른다. 죽음이 한 사람을 스쳐지나간 장면을 뒤로한 채, 내가 탄 버스는 종점을 향해 간다. 잇대어 켜진 터널 안의 불빛을 세면서 죽음에 관해 생각한다.

사람은 늙어서 숨진다. 그전에 지독한 병에 걸려 앓다 갈 수도 있고 태풍이나 지진 같은 자연현상을 만나 생명을 잃을 수도 있다. 사람은 다른 사람의 손에 의해 죽을 수 있다. 또는 스스로 자신의 목숨을 끊을 수 있다.

그리고 사람은 일을 하다 생을 마감할 수 있다.

그리 오래 지나지 않은 가을. 아파트 외벽 유리창을 닦던 노동자가 밧줄이 끊겨 사망한 일이 있었다. 일용직으로서 그날 처음 사십구층 높이 아파트에 오른 그때 그 사람의 나이는 스물아홉 살. 나와 동갑내기였다. 그래서인지 이름도 얼굴도 모르는, 다만 지금은 이 세상에 없다는 사실만을 알 뿐인 그를 자주 떠올린다.

어릴 적 어머니를 따라나선 어느 한 교회의 목사가 이런 말을 했다. 사람이 집을 나서기 시작해서 일과를 마치고 다시 집에 오는 그사이, 알지 못할 뿐이지 죽음으로 이어질 만한 사건을 셀 수 없이 겪는다고. 그럼에도 대다수가 죽지 않고 저녁이면 무사히 집으로 돌아오지 않느냐고, 우리네 일상 자체가 기적이 아니면 뭐겠냐고. 그러니 범사에 감사, 또 감사하라고.

그러던 어느 날 아버지가 일터에서 기계 결함 탓에 머리를 다친 채로 돌아오셨다. 다행히 찰과상 정도였으나 함께 변고를 당한 아버지의 동료는 그보다 더 큰 부상을 입어, 몇 주간 입원해야만 하는 처지였다. 그 사람 그때 거의 죽을 뻔했지. 아버지의 말을 옆에서 들은 어머니는 덧붙였다. 이게 다 하느님께서 당신 지켜주신 거라고, 그러니 감사, 또 감사하라고. 어머니의 말을 옆에서 들은 나는 속으로 생각했다. 아버지가 많이 다치지 않은 일은 물론 다행이지만, 죽을 위기를 겨우 넘겨 병원에 누운 아버지의 동료는 왜 신은 보살펴주시지 않았을까. 자신을 안 믿는단 이유만으로? 그저 우리 가족 구성원을 보우한 분께 감사드리며, 시간 지나 아무도 다친 적 없었단 듯 지내도 될까. 계속 의심스러웠다.

터널을 지나자 '어제의 시내교통상황'이라고 쓰인 전광판이 보인다. 사망 한 명. 다친 사람은 그보다 훨씬 많다. 오늘날에는 죽음을 살짝 스치거나, 끝내 맞부딪친 경우도 전부 숫자로 산출되는데, 이러한 통계에 따르면, 일 년에 이천 명이 넘는 노동자가 사망한다.* 그러니까 하루 평균 다섯 명의 사람이 일을 하다 죽는다. 알려지지 않고 집계되지 않은 죽음도 있다 가정하면, 보다 많은 이가 노동을 하다 숨지는 것이다.

세상 사람 모두 자기가 맞게 될 죽음의 모양이 어떠한지 정확히 모르는 채로 산다고는 하지만, 살기 위해 택한 하루치의 노동이 사람을 죽음에 이르게 한다는 사실은 그 자체만으로 지독히 부조리하다. 이런 세계를 창조했다 믿어지는 어떤 절대자를 탓하기보다, 재해에 이르기까지 안전관리에 부실했던 기업에 책임을 물어야 한다는 걸 이제는 안다. 산업계 전반이 노동자의 안전을 위해 만전을 기울이고, 중대재해를 예방하는 데에 뜻을 모아 제정한 법을 엄히 준수해야만 한다는 것도. 이를 위해 지금 내가 할 수 있는 일은 무엇인가도 헤아려본다.

나 또한 생계유지를 위해 일을 하고 있고 앞으로도 계속 일을 해야만 할 것이다. 요즈음에는 날품을 팔며 생활중인데, 그날그날 다른 노동의 형태 가운데 어떤 일은 제법 위험하다 느껴지기도 한다. 그러다 미흡한 안전관리에 의해서건 또는 내 실수에 의해서건. 현장에서 죽음을 맞이할 수도 있다. 이제 나는 어느 가을, 나와 운명이 엇갈린 한 사람과 나를 포개어본다. 그렇게 삶에 관해 생각한다.

* 고용노동부, 「2022. 12월말 산업재해 발생현황」.

2

월

10

일

시

# 양양

우리 여기 또 오자

그래, 그러자

그런 다짐이 언젠가
이 자리에 있었을 것입니다

저기 둘은 그 약속을
지켜낼 수 있을까요
내가 할 염려는 아니지만

풋내기 서퍼들이 자기한테
알맞은 파도를 고르는 동안

모래 위 맨발인 나는 여전히
발아래를 걱정하며 걷습니다

기대를 저버린 날씨는 더욱
궂어져만 가고
결국 비가 올 것입니다

흐린 바다는 흐린 대로 좋네

그때의 내 대답을 궁리해보다가

어린애가 짓고 부순 저 모래성이
내가 아닐 리 없듯이

끝도 없이 들어오는 저 겹물결이
네가 아닐 리 없다고

들키기를 바라는 혼잣말도 생깁니다

아까 먹은 막국수 진짜 맛없었지

# 2

# 월

# 11

# 일

# 시

# 강릉 해변 메밀막국수

바다가 보이는 해안가에 있지 않고
가파른 벼랑 위에 있는 것도 아닌

그냥 내륙 어디 산업 단지 안
점심때 지나서도 쉬는 시간 없이

위를 실하게 하고 기운을 북돋우며 혈당을 낮춰준다
그리고 정신을 맑게 하며 오장의 찌꺼기를 없애준다
메밀꽃 필 무렵의 비탈밭을 배경으로
정성스레 쓰인 메밀의 효능이라는 것

잘 삶은 달걀이 정확히 반 개
고추장 양념에 버무린 명태회

잘게 부순 김이랑 얇게 저민 오이
참깨 빻은 것하고 참깨로 짠 기름
살얼음이 뜬 시고 단 동치미 국물

맞은편 테이블에 연인 중 한 사람이 말하길
설탕 대신 매실청을 썼을 거야 후루룩후루룩
우리 여름 되면 여기 또 오자 호로록호로록

그렇다고 불가능한 맛을 자아내는 방식은 아니고
매일 아침 직접 기계로 뽑는 메밀국수 가락 정도
그러니까 그저 앞니 아랫니만으로 툭툭 끊어
삼킬 수 있는 정도

그렇게 삼킨다 해도
발목을 적시는 물결의 감촉이 느껴지거나
파도 소리가 귀에 들린다거나 하지는 않는
그러니까 불가능을 이야기하는 방식이 아닌

이 기분 좋은 단맛은 역시 매실청일 것이다

강릉 시내 다 내려다보이는 높다란 언덕에는 없다
생선을 벼르는 고양이가 많은 포구에도 있지 않다
내가 어느 곳에 있건 별로 중요한 문제는 아니지만

단지 여름에 먹었으면 더 좋았을 것이다

# 2

## 월

# 12

## 일

# 시

# 파주

어느 날 마음은 바람 소리로
가득해진다

그런 날의 일과란 강가를 헤매다
볕이 넉넉한 곳에 가만히 서 있다
버드나무 한 그루가 점점 되어선
잠자코 흔들리는 일

그러면 새들이 어디선가 날아와
나의 내면을 거슬러올라가는데

그때 나는 내 잎으로
물위에 글씨를 쓴다

모든 게 괜찮다고
오지 않아도 된다고

(이런 일은 아무도 안 볼 때만 일어난다)

잔물결을 반짝이게 하는 것은
다만 이제 생각들뿐
곰곰이 헤아려보면
이해도 되겠지만,

바람이 옮아갈 때는
강 건너로 보였다

발목에 줄 한 가닥 매달려 있어서
누운 채로 질질 끌려가는 한 사람

그 줄을 쥔 다른 한 사람이
계속 달리고 있다 웃으면서

# 2 월 13 일

# 노트

# 문제없습니다

은행에 다녀오는 길입니다. 돈 때문이 아니라 일을 하러. 아, 그러니까 돈 때문이라 말하는 게 정확하겠지요. 입구에서 시설 경비를 서는 일이었습니다. 이전에 몇 차례 경험이 있어 수월했어요. 일은 매우 간단합니다. 은행에 방문하는 사람에게 공손히 인사를 건네면서 방문 목적을 물은 뒤, 번호표를 끊어 순번을 안내하면 되지요. 에이티엠을 이용하기 어려워하는 어르신들께는 먼저 다가가 도움을 드려야 하는 것도 잊지 말아야 합니다. 잠깐 한가할 때는 책을 조금 읽을 수도 있고요. 그렇게 오늘도 별 무리 없이 해냈습니다. 얼굴에 스타킹을 뒤집어쓴 은행 강도단은 다행히 맞닥뜨리지 않았습니다. 점심은 남은 밥과 반찬을 도시락으로 싸간 덕에 해결했지요. 퇴근 후 버스에 앉아 계좌를 확인하니, 고용보험 공제 후 80,280원이 품삯으로 들어왔군요. 중고 LP를 취급하는 가게에 들러 맘에 드는 레코드판 하나 정도는 살 수 있겠습니다.

오래전 어느 성탄절 주간에 막역한 친구로부터 턴테이블을 선물받았습니다. 재생할 음반 없이 주기에는 좀 겸연했는지, 빈스 과랄디의 《A Charlie Brown Christmas》, 듀크 조던 트리오의 《Flight to Denmark》 레코드판도 함께였지요. 더할 나위 없는 성탄절 선물이었습니다. 특히 듀크 조던의 음반은 평소에도 자주 듣던 터였어요. 설원에 외따로이 있는 모습이 담긴 앨범 재킷도 참 좋아하지요. 그의 음악을 알게 된 건 어느 늦은 밤 버스 안에서였습니다. 클래식과 재즈를 심도 있게 다루는 FM 라디오 방송에서 들었어요. 세계에서 가장 많이 팔린 재즈 음반이 마일스 데이비스의 《Kind of Blue》라면, 한국에서 제일 많이 팔린 재즈 음반은 아마 이것일 거라는 말과 함께. 바로 듀크 조던 트리오의 음반이었습니다. 이어서 디제이는 천천히 그의 사연을 이야기했지요.

1940년대 재즈의 새로운 장을 연 색소폰 연주자 찰리 파커의 밴드에서 활동한 그는 이후로도 소니 스팃이나 스탄 게츠 같은 유명 뮤지션들과 연주하며 어느 정도 이름을 알렸다고 합니다. 하지만 1960년에 이르러, 로큰롤Rock'n Roll의 대두로 재즈는 그 입지가 점점 좁아져가는데요. 점차 설 자리를 잃는 상황에서 배우자가 그에게 돌연 이혼을 선언하고, 영화에 쓰일 사운드트랙을 만들고도 제작사의 횡포로 작품료를 받지 못하는 일까지 벌어집니다. 이후로 계속 운이 따르지 않던 그는 결국 침체기에 접어들어, 제대로 된 레코딩의 기회조차 잡지 못합니다. 그사이 생계를 유지하기 위해 조던은 뉴욕에서 택시 운전 일을 했습니다. 그렇게 십 년이 넘는 시간 동안 택시를 끌며 녹음실 근처에도 가지 못했다고 해요. 그러던 1973년 늦게서야 미국 재즈 붐이 일어난 유럽, 덴마크의 재즈 애호가 단체의 초대를 받아 공연을 할 기회를 드디어 갖게 되고, 유럽 재즈 팬들의 성원에 힘입어 그는 마침내 재기 앨범을 내는데, 그것이 바로 《Flight to Denmark》입니다.

디제이가 말을 맺자, 뒤이어 드럼의 심벌 소리와 함께 베이스 리프가 들렸고, 맑고 산뜻한 피아노 소리가 이어 흘러나왔습니다. 듀크 조던 트리오의 〈No Problem〉. 힘이 가득한 피아노 소리는 버스 안을 이리저리 뛰고 또 날아다니다, 어느새 순해지더니 다시 기운을 차려 펄펄 흩어졌습니다. 그러니까 마치 눈발같이. 그때 나는 강산이 변한다는—아니 조던은 뉴욕에 있었으니, 자꾸만 빌딩이 높다랗게 지어지는—그 십 년 동안, 노란 차의 운전석에 앉아 거리를 다녔을 그를 떠올렸습니다. 남한테 들으라 한 말이었지만, 실은 자기 자신에게 내내 다독이며 건넸을 말. No Problem(문제없어). 라디오를 통해 퍼지는 그 눈송이는 문제없으니, 그러니 다 같이 춤추자 하는 거 같았습니다.

이제 집으로 돌아온 나는 턴테이블 위에 모처럼 그의 음반을 올린 다음, 앨범 표지를 살핍니다. 안경 쓴 남자로 보이는 한 사람이 눈밭에 서 있습니다. 그곳은 늘 겨울이었을 테지만, 그는 움츠리고 있지 않군요. 얼굴을 자세히 보면 조금 경직된 표정이나 어쩐지 웃고 있는 것처럼도 보이고요. 그리고 왠지 그렇게 오래 기다리며 서 있었던 거 같습니다. 눈이 쌓이고 또 쌓이는 동안, 들리는 소리에 내내 귀기울이며 그 속에 음악이 있지는 않나 혼자 헤아리면서. 이 앨범

발매 이후 듀크 조던은 덴마크에 아주 살았고, 그곳에서 생을 마감했습니다. 음악이란 대체 무엇이기에 그를 이렇게 오래 기다리게 만들었을까요. 탄생의 배경은 물론 그 어원조차 누구도 확실히 알지 못하는 재즈. 이 장르의 전기를 연 루이 암스트롱은 재즈가 무엇이냐는 질문에, "그렇게 묻고만 다니면 당신은 영원히 재즈를 알 수가 없을 겁니다"라고 답했다고 합니다.

이제 스피커에서는 그의 음반에 수록된 〈Everything Happens to Me〉가 들립니다. 해석에 따라 그 어감이 달라지지만, 나는 이를 곧이곧대로 받아들입니다. 모든 일이 나한테 일어난다고. 그럼 내가 하는 일은 그 모든 것을 받아들인 뒤, 그게 무엇이었고 무엇이 될 수 있는지를 천천히 헤아리는 일. 배경은 내 마음속 오래된 얼음. 녹지 않은 채로 늘 눈이 쌓여 있는 곳에 한 피아니스트가 그랬듯, 나도 이 세상에 들려주고 싶은 내 음악을 혼자 생각합니다. 겨울의 여느 때같이 내리는 눈을 마치 처음 내리는 눈처럼 여기며, 세상의 것을 즐거워하고 귀여워하고 싶습니다. 그렇게 발견한 소리를 바탕으로 나만의 선율을 지어 나만의 재즈를 연주하고 싶습니다. 찰리 파커가 한 것처럼 매 순간마다 새로운 음악을. 나도 언젠가 그 누군가를 오랫동안 춤추게 할 수 있을지 모르지요. 그러니 그때까지 날품이고 달품이고 팔아 생계를 유지해야 하는 겁니다. 일단은 잘 살아 있어야 그게 가능하니까. 아마 이번 달도 방세를 내면 수중에 떨어지는 돈은 얼마 없겠지만, 문제없습니다.

# 2 월 14 일

# 시

# 사랑의 바깥

문을 열면 잘 모르는 두 사람이
자주 내 침대에 누워 있습니다
거기 전부 옷을 벗고 있으니
연인 사이가 분명합니다

나이, 성별, 인종, 장애의 유무
상관없이 날마다 여러 가지 얼굴 위
하나같이 다들 깜짝 놀란 표정으로
(놀라야 하는 쪽은 아무래도 이쪽인데요)

옷이라도 대강 걸치라는 의미로
내 집인데 크게 헛기침을 한번 하고
바깥에 걸어놓는 자물쇠가 늘어도

연인들은 용케 결국 할일을 합니다

다행히 물건을 도둑맞은 적은 없는데
도둑은 연인이 될 수 없는 건지
연인이 되면 도둑질을 관두는지

내가 알 수 있는 건 없지만
집을 나서기 전 무슨 까닭일까
이불을 개키고 온도를 살폈습니다

*두 사람 외의 것은 만지지 마시고*
*이왕에 오셨으니 사랑만 하세요*

일종의 안내문과 각종 피임 용품
자두 향이 은은한 몸 비누에
일회용 (삼중 날) 면도기까지

어느덧 제법 훌륭한 여관집의 주인이 되어 있습니다
(보이던 얼굴이 안 보이면 이제는 서운하기조차 하고)

내년에는 방을 온통 하얗게 칠해볼 작정입니다

다만 크리스마스 전야 하루는 혼자인 내가
집에서 안 나가는 심술도 좀 부려보며
아름답지만 사랑하기 싫은 사람과
남의 험담으로 새는 밤을 즐기기도 할 겁니다

2

월

15

일

# 시

# 나루터를 지키는 사람

이제는 강이 있구나, 한다
예전에는 모든 것을 다 했는데
어떻게든 건너가려고

나는 수영하는 법을 모른다
그런데 강이 있구나

그때의 모든 나는 그 모든
당신들한테 말했어야 했나
실은 나 수영할 줄 모른다고

여전히 강이 있구나

그러나 이 강을 건너기 위해
애쓰는 이가 눈앞에 보인다면

다행히도 남은 내 낡은 구명조끼
아직 오지 않은 밤을 위한 손전등
빌려주지 않고 아주 쥐여준 다음

그가 탄 뗏목 밀어줘야지
손이 닿지 않을 때까지

다녀오라는 말 한마디 없이

# 2월 16일

## 편지

# 계절 서간
## —가을

9월이 되었는데 여기는 너무 덥네요. 계신 그곳은, 어떤가요? 정오쯤 더위를 못 참고 어디 시원한 실내라도 찾아서 들면, 사람들 하나같이 말합니다. 아, 살 거 같다. 나도 방금은 같은 소리를 입에 내고 앉았어요. 창 바깥에 어디론가 향하는 사람들은 잔뜩 얼굴을 찌푸린 채 이 때늦은 더위를 견디고. 보고 앉아 있으면 그쪽도 어서 그늘진 데 찾아 드시기를, 저절로 응원하는 마음이 됩니다.

막 차가운 아메리카노를 마시니까 더더욱 살 만해지네요. 그대로 한번에 주욱 들이키니 입술에 닿는 각얼음의 감촉이 차갑고. 잔에 담긴 얼음이 달그락달그락, 소리를 내는데 그제야 안전해졌다는 기분이 듭니다. 그러고는 이 얼음이 다 녹기 전 입에 털어넣고 아무렇게나 굴려요. 입안은 금세 싸늘해져 덩달아 온몸이 서늘한데, 등골이 오싹하거나 소름이 돋을 정도까지는 아니고 딱 알맞게 시원하다는 느낌. 씹을 수 있을 정도로 얼음이 작아지면 어금니로 아작아작, 깨부순 다음 꿀꺽, 삼킵니다. 그리고 이제 살았다, 혼자서 말해요.

되살아난 사람의 마음으로 바깥을 보고 있습니다. 이렇게 보니 그럼에도 가을이 전개되고 있긴 하네요. 아직 가시지 않은 여름것들과 함께 아름다운 모양으로, 내 눈 안에 천천히 입장합니다. 구름은 멈춘 듯 보이지만, 자세히 보면 천천히 아주 천천히. 그렇게 이동하고 있어요. 저기 외따로이 남겨진 비행운도 보입니다. 어쩌면 저 가느다란 구름을 '나'라고 정한 다음, 그 정서를 지니고 시를 써볼 수도 있겠지요. 시 속에서는 그 구름을 가지고 줄다리기를 할 수도 있고, 반대편에 내가 오래 보고 싶어하는 누군가 또는 착한 개 한 마리를 얌전히 세워둘 수도 있습니다. 되살아난 사람의 마음속에는 그런 일이 가능해요. 무더운 날에 얼음을 가지고 놀듯, 이렇게 마주 오는 기꺼운 것을 그저 한껏 기꺼워하고 있으면 이곳에서의 삶이 또 천천히 흐릅니다.

흐르는 대로 내 몸 하나 맡기고 있으면, 곧 색이 바랜 나뭇잎이 나무에서 하나둘 떨어지고. 그럼 주머니 많은 옷을 걸치고서 옴츠린 채 눈이 올지도 모르겠네, 싶은 날이 오지요. 그리고 그런 날엔 정말로 눈이 내릴 겁니다. 저녁이 앞당겨진 그때에는 이 늦은 더위가 그립기도 하겠지요. 또 그러다보면 한참 전, 이맘때에 개봉한다는 소식만 접했던 영화를 극장에서 보는 날이 있을 겁니다. 오래도록 좋아한 가수가 긴 공백을 깨고 새로운 앨범을 낼 수도 있고요. 그렇게나 맛있단 소문 듣고 내내 벼르던 식당에 드디어 가게 되는 언젠가도 있지요. 오래 보고 싶어하던 사람을 아주 우연히 마주하게 되는 그 어느 날도 있습니다. 이곳에서의 삶이 아직 내게 무언가 마련해놓았다고, 덥석 믿어버리는 것. 무턱대고 긍정하는 것. 되살아난 사람의 마음으로.

그런 마음으로 다시 하늘을 바라보니 그 확실한 정경 속, 구름은 아까와는 또 다릅니다. 이번에는 큰 빗자루로 두어 번 비질한 흰 눈처럼 보이네요. 그렇게 지나간 구름은 다 까먹고서 이제 막 맞이한 구름을 또 예뻐하는 일. 그렇다고 새까맣게 잊진 않고, 어디선가 빗방울로 또는 어느 바닷가의 파도로 재회한다는 것만은 내내 기억하는 일. 언젠가 다른 모양으로 만나게 될 예쁜 것들을 잠자코 기대하는 일.

그러니 흘러가도록 정해져 있는 것들은 반드시 흘러가기를. 나로부터 당신에게로, 당신으로부터 나에게로.

# 2 월 17 일

시

## 감은 빛

입구에 놓인 작은 산타클로스는 검은색 안경을 쓰고 있었습니다. 오늘은 다 같이 영화관에 가는 날이라, 일찍부터 눈을 떴다는 아이들은 잔뜩 신이 났습니다. 극장에 가는 건 재미가 없다며 투덜대는 아이도 물론 몇 있었습니다. 그렇지만 막상 밖으로 나서자 도드라진 마음 함께 더듬으며 영화관 냄새에 관해 이야기했습니다. 가는 길은 휘파람도 넘어지는 미끄러운 길. 아이들은 잡고 있던 서로의 손을 더 꽉 쥐었습니다. 그 모습이 꼭 사이좋은 펭귄들 같다는 선생님 말씀에 각자의 새를 머릿속에 떠올린 아이들은 웃거나 웃지 않았습니다.

두 자매의 사랑으로 영원한 겨울을 극복한다는 줄거리의 만화 영화였습니다. 장엄한 얼음 궁전과 노래하는 7월의 눈 사람에 대해 내가 설명하는 동안, 아이들은 희고 추운 빛을 맞으며 앉아 저마다의 이야기를 그렸습니다. 코를 골며 자는 아이도 물론 몇 있었습니다. 극장을 나서고 얼마 안 있어 함박눈이 내렸습니다. 얘들아 눈 온다, 선생님 말씀에 아이들은 멈춘 다음, 크게 입을 벌렸습니다. 눈이 오면 꼭 저런다며 선생님이 웃었습니다. 그러니까 아이들은 정말로 허리가 긴 새 같았습니다. 멀리서 다가오는 쇄빙선 하나를 나는 눈에서 조용히 지워냈습니다.

2

월

18

일

# 동화

## 쥐똥 이야기

쥐똥은 말 그대로 쥐똥이었습니다. 쥐똥은 자기 자신이 언제부터 시작됐는지 알지 못하는데, 왜냐하면 눈떠보니, 지금 그리고 여기에 있었기 때문입니다. 그저 주변에서 그를 가리켜 쥐똥이라 부르기에 스스로를 그렇게만 알고 있을 따름입니다.

"아, 나는 쥐똥이로구나."

눈뜨기 전 쥐똥이 과연 무엇이었는지, 그 사실을 알 수 있는 방법이란 사실상 없습니다. 똥을 눈 쥐가 전날 저녁 무엇을 먹었느냐에 달려 있겠지만, 여러분도 아시다시피 쥐라는 동물은 뭐든 가리지 않고 전부 먹어치우는 탓에, 쥐똥이 그전에는 무엇이었는지를 정확히 아는 일은 도무지 힘들겠습니다.

그 똥을 어떤 쥐가 누었는지를 알 수 있는 방법도 없기는 마찬가지였는데, 쥐라는 동물은 이 지구상에서 인간 다음으로 가장 많은 포유동물이니까요. 또한 똥의 생김새라는 게 사실 다 거기서 거기였으므로, 자신의 똥을 일일이 기억하는 쥐가 있다면 모르지만, 그런 쥐가 이 세상에 있을 리는 만무했습니다.

하지만 쥐똥이 예전에는 무엇이었는지 그리고 똥을 눈 쥐는 과연 어떤 쥐였는지, 이 물음들은 실은 그렇게 중요한 문제가 아닙니다. 쥐똥은 이미 쥐똥이었으므로 물음에 대한 답을 안다고 해서 달라지는 것은 그야말로 하나도 없기 때문입니다.

쥐똥은 쥐가 싼 똥이기에 몸집이 정말로 쪼끄마했습니다. 인간의 눈으로는 허리를 숙인 다음 무릎까지 꿇어 보아야지만 겨우 보일 만큼 쪼끄마했습니다. 그래서 사람들 사이에선 작거나, 적은 것을 두고 "쥐똥같다"는 말로 표현하기도 합니다. 대개 그 앞에 "애개"나 "애개개"라는 소리를 붙이면서 말입니다.

"애개개, 아니 이렇게 쥐똥만큼 주는 게 어딨어요?"

책을 팔러 헌책방에 온 어떤 사람이 이렇게 말했을 때, 무뚝뚝한 헌책방 할아버지는 대꾸도 하지 않으며 읽고 있던 책을 마저 읽기 위해 되돌아와 앉았습니다. 그러자 길에서 태어나 길에서 살다, 어쩌다가 이 헌책방에 눌러살기로 결심한 고양이가 할아버지의 얇은 종아리에 머리를 비비적댔습니다.

사람은 아무리 나이가 들어도 마음 드러내는 일을 서먹해하는데 헌책방 할아버지도 그랬던 것입니다. 그렇지만 고양이가 야옹, 하며 이제는 무릎 위에 올라 보금자리인 양 웅크릴 때, 제아무리 뾰로통한 할아버지라도 허허, 웃으며 그 보드라운 목덜미를 어루만질 수밖에 없었습니다. 그러니까 마음이라는 것은 우리 눈에는 보이지 않으나 정말로 있는 것이어서. 그런 할아버지의 보이지 않는 사랑을 온몸으로 느끼며 헌책방 고양이는 무럭무럭 자랐습니다.

제법 늠름해진 고양이는 이제 자기가 해야 할 일을 말 안 해도 알고 있었고, 사랑하는 할아버지를 절대 실망시키고 싶지 않았습니다. 그래서 책을 갉아먹는 쥐가 눈에 보이기라도 하면 잽싸게 몸을 움직인 다음, 앞발로 그 긴 꼬리를 잡아채 한입에 꿀꺽! 하고 삼켰습니다. 아무리 책 냄새를 맡으며 자랐다 하더라도, 고양이는 말 그대로 고양이었기 때문입니다.

앞서 등장했던 쥐똥이 눈을 뜨고 얼마 안 가 보게 된 것이 바로, 양 볼따구니가 볼록해져 있는 이 고양이였습니다. 얄쌍한 입술에는 가느다란 쥐꼬리가 빼죽 나와 있었는데, 한동안 우물우물하던 고양이는 곧 그 꼬리마저 호로록 빨아들였습니다. 이제는 만족스러운 표정을 짓는 헌책방 고양이에게 쥐똥이 먼저 말을 걸었습니다.

"안녕하세요? 처음 뵙겠습니다."

"너는 쥐똥이구나. 어유, 지독해라."

쥐똥을 보자마자 자그마한 코에 겹겹이 주름을 지으면서 고양이가 말했습니다.

"그럼 제가 쥐똥이란 말이죠?"

"그래. 쥐똥아. 그리고 너는 참 보잘것없구나."

"이제 저는 어떻게 해야 할까요?"

"우리 할아버지께선 널 싫어하실 테니, 여기서 썩 나가렴."

고양이는 몰랑한 앞발을 내저어 야무진 솜씨로 쥐똥을 내쫓았습니다. 그 바람에 쥐똥은 데구루루 굴러 문턱을 넘게 되었습니다. 이제 쥐똥은 처음으로 바깥 공기를 마시게 되었습니다.

뜨거운 빛이 땅을 마구 덥히고 있는 바깥은 여름이었습니다. 또각또각 아니면 저벅저벅하며 사람들이 걷는 소리. 맴맴 매암매암 나무에 찰싹 붙어 우는 매미 소리. 뛰뛰빵빵 달리는 자동차가 잇달아 경적을 울리는 소리. 세상은 시끄러운 소리로 그득하였습니다.

태어나 처음으로 마주하는 이 시끌벅적함을 쥐똥은 무척 반겼습니다. 모든 만남이 첫 만남이었기 때문입니다. 다들 바쁘게 어디론가 향하는 와중이라 인사를 제대로 전하지 못하는 것이 아쉬울 따름이었습니다. 뭉개겠다는 듯이 다가와 훌쩍 넘어 멀어지는 신발들이 좋았습니다. 헌 신발도 새 신발도 모두 좋았습니다. 페달과 맞물려 돌아가는 자전거 바퀴의 소리가 좋았습니다. 동그란 두 개의 그림자도 좋았습니다. 어디선가 흘러나오는 인간의 목소리가 담긴 노랫말이 좋았습니다. 여러 가지 선율이 정신없이 섞여도 좋았습니다.

쥐똥이 눈 크게 뜨고 앙증맞은 귀를 세상에 기울이던 그때, 피둥피둥 살이 오른 회색 비둘기 한 마리가 고개를 갸웃하며 다가와 이렇게 말했습니다.

"너, 참 맛있게 생겼구나!"
"안녕하세요? 처음 뵙겠습니다."
"나를 처음 본다고?"

자신을 처음 본다는 대답에 비둘기는 의아했습니다. 왜냐하면 이때 비둘기는 쥐똥이 새까맣게 탄 볍씨인 줄로만 알았기 때문입니다. 무릇 곡식이라면 새의 먹이가 되는 일을 좋아한다고 여겼기에, 새인 자신을 결코 모를 리 없다는 생각이 들어 이상했던 것입니다. 그러고는 안 그래도 갸우뚱한 고개를 더 기울여 갸우뚱, 그렇게 쥐똥에게 바투 다가갔습니다.

"으악, 냄새!"

비둘기가 소리를 질렀습니다.

"저는 쥐똥이라고 해요."
"나는 네가 볍씨인 줄 알았지 뭐니."

쥐똥은 자신이 새를 실망시킨 것만 같아 금세 슬퍼졌습니다.

"이제 저는 어떻게 해야 할까요?"

"내가 먹을 수도 없으니, 저리로 썩 가렴."

비둘기가 푸드덕, 하고 날갯짓을 한번 하니까 바람이 얼른 와서 쥐똥을 데리고 갔습니다.

"안녕하세요? 처음 뵙겠습니다."

쥐똥이 인사했지만, 바람은 말이 없었습니다.

"저를 어디로 데려가시는 건가요?"

질문에 대답도 하지 않고, 바람은 알 수 없는 장소로 쥐똥을 옮겨놓고서는 떠났습니다.

쥐똥이 있게 된 그곳은 조금 전까지 머물던 곳과는 달리 몹시 잠잠했습니다. 그렇지만 태어나 처음으로 마주하는 이 고요함도 쥐똥은 반겼습니다. 거기에 소리는 없었지만, 대신 냄새가 있었습니다. 처음 맡는 냄새들이 어느덧 한데 어울려선 머릿속을 예쁘게 칠하기 시작했습니다. 녹색과

초록색이 어울려 쥐똥을 편안하게 만들어줬습니다.

쥐똥이 눈감고 앙증맞은 코로 세계를 들이마시던 그때, 까맣고 번쩍이는 몸빛의 쇠똥구리 한 마리가 다가와 이렇게 말했습니다.

"너, 내가 좋아하는 냄새가 나는구나!"
"안녕하세요? 처음 뵙겠습니다."

쇠똥구리의 넓적한 머리방패가 눈앞까지 다가오자 쥐똥은 조금 무서워졌습니다.

"너는 쥐똥이로구나."
"네! 저는 쥐똥이에요."

자신이 누구인지 알아봐준 쇠똥구리가 고마워서 쥐똥의 무서운 마음은 금세 달아났습니다.

"혹시 제가 필요하신가요?"

"아쉽지만 나는 네가 필요 없단다. 너보다 더 큰 똥이 필요해."

쇠똥구리는 여름에 쇠똥이나 말똥을 굴려 땅속의 굴까지 날라 그 안에 알을 낳는 곤충입니다. 소똥이나 말똥과 비교하자면 쥐똥은 정말로 쪼끄마해서, 쇠똥구리는 쥐똥이 필요하지 않았습니다. 쥐똥은 또 시무룩해졌습니다.

"이제 저는 어떻게 해야 할까요?"
"글쎄다. 그걸 나한테 물으면 어떡하니?"

쇠똥구리는 이제 자기가 굴려야 할 운명 같은 똥을 찾으러 갔고, 쥐똥은 고요와 함께 남았습니다. 너무 조용해서 해가 저무는 소리가 멀리서 들려올 정도였습니다. 바로 그때 여름새들이 노을빛에 감동한 나머지, 고요를 입에 물고 해가 지는 방향으로 날아가버렸습니다. 그제야 자기 차례라도 된 듯 벌레들이 울기 시작했고 쥐똥은 그렇게 태어나 처음으로 저녁을 맞이하였습니다.

"이봐, 너!"

완전히 혼자가 된 쥐똥에게 누군가 말을 건넸습니다. 쥐똥은 별을 세보다 깜짝 놀라선, 주변을 두리번댔습니다.

"아직 가을이 되려면 멀었는데, 왜 그러고 있니?"
"안녕하세요? 처음 뵙겠습니다."

목소리의 주인공은 멀리 떨어지지 않은 곳에 선, 키 작은 나무였습니다. 쌀알 아니면 눈같이 하얗고 자그마한 꽃을 피우고 서 있었습니다.

"저는 쥐똥이라고 해요."
"쥐똥나무 열매겠지."

키 작은 나무가 하는 말이 쥐똥은 이해가 되지 않았습니다.

"제가 쥐똥나무 열매라고요?"
"쥐똥처럼 생겨서 붙여진 이름이야. 나도 한때는 너처럼 쥐똥 같았던 시절이 있었단다."

쥐똥은 그저 놀라울 따름이었습니다. 그러고는 금세 어지러워졌습니다. 주변에서 자신을 쥐똥이라 불러 그렇게만 알고 있었는데, 이제는 자신을 두고서 쥐똥나무의 열매라고 하니, 무엇이 진짜인지 헷갈리기 시작했습니다.

"아, 이제 저는 어떻게 해야 할까요?"

"얌전히 유월에 기대어 있으렴. 햇빛과 소나기가 번갈아 와서 너를 재우고 달래줄 거야."

"그럼 어떻게 되나요?"

"나 같은 쥐똥나무가 되는 거지. 그리고 이렇게 예쁜 꽃을 피우는 거야."

그 말을 듣고 난 쥐똥은 자신이 아무도 반기지 않는 쥐의 똥보다는, 차라리 무성하게 자라 아름다운 꽃을 피우는 나무인 편이 더 좋겠단 생각이 들었습니다.

"나처럼 어엿한 나무가 되고 나면, 누가 먼저 꽃을 피우는지 우리 시합하자!"

새벽이 되자 멀리서부터 구름이 몰려오더니 곧 비가 시원하게 쏟아졌습니다. 소나기였습니다. 쥐똥나무가 이야기한 대로, 유월의 비는 정신없이 쥐똥의 뺨에 입을 맞추어댔습니다. 쥐똥을 포함해 이 세상 모든 것을 사랑해서였습니다. 그렇지만 쥐똥은 숨이 막혀 죽을 지경이었습니다. 그럴 만도 했습니다. 여름비의 입맞춤은 아주 짤막했음에도, 쥐똥은 그만 땅속에 파묻혀버린 것입니다.

"이대로 나무가 되어보지 못하고 죽는 걸까?"

쥐똥은 눈을 감았습니다.

새들이 부르는 아침 노랫소리가 멀리서 들려왔고 그때 쥐똥은 눈을 떴습니다. 떴는데도 앞이 새카매서 아직 땅속인 줄 알았습니다. 그렇지만 숨은 그 어느 때보다 뻥! 트인 느낌이 들었습니다. 그리고 눈앞에 놓인 어둠에도 점차 적응할 무렵, 쥐똥은 어제와 다르게 자기 몸이 아주아주 커다

래진 느낌이 들었습니다. “충분해” “넉넉해”라는 말을 자신에게 건넬 만큼 말입니다.

그 순간, 무언가 자신의 피부를 톡톡, 두드리고 있음이 느껴졌습니다. 그것이 무엇인지를 보려고, 이제 너른 몸을 얻은 쥐똥은 한 겹의 눈꺼풀을 더 뜨기 위해 온 정신을 집중해 보았습니다. 그러자 곧 돋아나듯 새로운 눈을 가지게 되었습니다. 땅에 트인 이름 없는 식물의 싹이 바로 쥐똥의 새 눈빛이었습니다. 모든 것이 더 잘 보였고, 모든 것이 더 멀리 들렸습니다.

쥐똥의 피부를 두드린 것은 바로 쥐똥같이 생긴 열매였습니다. 그뿐 아니라, 셀 수도 없이 다양한 크기의 열매들이 계속해서 톡톡, 쥐똥의 몸을 도닥대고 있었습니다. 이제 쥐똥은 몸의 바깥뿐 아니라, 속에서 들리는 소리에도 귀기울여보았습니다. 꿈틀대며 움직이는 지렁이의 투명한 발소리가 들렸습니다. 겨울잠을 미리 걱정하는 개구리의 한숨 소리가 들렸습니다. 호기심 많아 끊임없이 지하로 내려가는 두더지 땅 파는 소리가 들렸습니다.

이제 쥐똥은 자신을 집으로 삼아 생활하는 수많은 생명을 느낄 수 있었습니다. 그러니까 쥐똥은 나무로 자랄 수 없었고, 대신 이 땅의 일부가 되었습니다. 다시 말해 쥐똥은 쥐똥나무 열매가 아니라 말 그대로 쥐똥이어서, 저절로 땅을 기름지게 하는 거름이 된 것입니다. 까만 흙에 그대로 깃들어 우리가 사는 이 지구의 일부가 된 것입니다.

쥐똥은 이제 마음만 먹으면 어디에든 있을 수 있었습니다.

지표면이 된 쥐똥은 아무리 자그마한 열매나 씨앗이라도 자신을 두드리면 그대로 힘껏 안아 환영했습니다. 지렁이를 개구리를 두더지를, 나아가 묵을 방이 필요한 생명은 그 누구든 재워줬습니다. 그리고 그것이 누군가 말 안 해도 자기가 해야 하는 일이라 여겼습니다.

때마침 가을이 왔고, 온갖 곡식과 과실이 무르익었습니다. 이 모습을 바라보는 일만으로 쥐똥은 너무나 기뻤습니다. 모든 것이 다 좋았습니다. 하지만 그런 시간이 그리 길

지는 않았습니다. 얼마 못 가 대부분의 나뭇잎에 불그스름 노르스름 빛이 옮아 묻더니만, 하나둘 천천히 땅으로 떨어지기 시작했습니다. 쥐똥은 알록달록 외투를 껴입은 듯해 기분이 좋았습니다. 그러나 이 새로 생긴 옷은 다름 아닌, 겨울이 오고 있다는 뜻이었습니다.

돌아오겠다는 말과 함께 떠났던 겨울은 그 약속을 지켰고 지구의 일부분이 된 쥐똥도 자기 안에 살고 있는 것들과 마찬가지로, 꽁꽁 얼게 만드는 이 추위를 견뎌내야겠단 생각만 하고 있었습니다.

덜덜 떨며 봄볕을 기다리던 쥐똥은 왠지 모르게 문득, 자신이 처음으로 눈을 뜬 장소에 가고 싶어졌습니다. 쥐똥은 이제 어디에나 있을 수 있었으므로 기억을 더듬어 '헌책 사고 팝니다'라고 쓰인 나지막한 집 한 채를 찾기 시작했습니다. 그리고 그 일을 정말로 해냈습니다.

겨우살이나무의 눈을 빌려 본 헌책방은 예전 모습 그대로였습니다. 태어난 곳을 발견한 쥐똥은 무척 기뻤지만, 또 어쩐지 몹시 슬프기도 해서 주변에 놓인 조약돌로 문 두드리는 대신, 그저 하염없이 바라만 보며 있었습니다.

그때 앙증맞은 입김을 만들며 쥐 두 마리가 헌책방 쪽으로 뛰어왔습니다.

"쥐들아, 너희 어디 가는 거니?"
"저희는 지금 저 책방에 가는 중입니다."
"내가 알기론, 저 집에 고양이 한 마리가 살 텐데?"

쥐 두 마리는 서로를 보며 찍찍 웃었습니다.

"고 녀석, 요즘 기운이 다 빠졌는지 우리가 쏘다니든 말든 신경도 쓰지 않는답니다!"
"그럼 이제 어떻게 할 생각이니?"
"그야 우린 당연히 책을 갉아먹어야죠!"

쥐 두 마리는 그길로 헌책방을 향해 내처 달렸습니다. 자세히 보니 문 앞에는 전에 보이지 않던 '喪中'*이라는 글자가 쓰여 있었습니다. 흐릿한 창문 너머 쥐똥을 내쫓았던 고양이가 있었습니다. 쥐똥은 너무나 반가워 사소한 지진이라도 일으키고 싶었지만, 웅크려서 바깥을 보고만 있는 고양이의 눈빛이 눈송이보다 차게 느껴져 그럴 수 없었습니다. 그 눈빛이 마냥 슬프게 느껴졌습니다.

지구의 일부분이 된 쥐똥은 수많은 나무에 꽃과 열매를 맺도록 돕고 겨울잠 자는 동물들의 집이 되는 일을 했지만, 헌책방 고양이의 슬픔 앞에서는 무얼 할 수 있을지 도저히 생각이 나질 않았습니다.

그때 12월 큰바람이, 길가를 쓸기로 마음먹은 듯 휙 지나갔습니다. 옹기종기 갸웃하던 비둘기들이 그 바람에 낮은 비행으로 도망을 가고 겨우살이나무는 잠자코 흔들렸습니다. 땅거죽이 된 쥐똥의 피부에도 바람의 스산한 감촉이 느껴졌습니다. 쥐똥은 남의 슬픔에 관해 오래 생각했으나, 위로하는 방법에 대해서는 도무지 답을 찾을 수 없었습니다. 지나가고 있는 12월 큰 바람에게 그래서 물어야만 했습니다.

"바람님, 제가 할 수 있는 걸 말해주세요."

그러나 바람은 여전히 말이 없었습니다.

---

* 이 글자가 무슨 뜻인지는 주변에 있는 어른들께 물어보세요.

# 2월 19일

## 노트

## 매튜와 마테오

매튜 스톤맨Matthew Stoneman이라는 사람이 있습니다. 아니 있었지요, 지금은 다른 사람입니다. 그건 차차 이야기하고. 아무튼 그가 한창 매튜라 불렸을 때, 미국 뉴햄프셔주 출신의 이 남자는 싱어송라이터가 되겠단 포부 하나 품고서 로스앤젤레스로 이주합니다. 하지만 그게 잘 풀리질 않았는지 곧 극심한 생활고에 시달리게 되었고 그는 결국, 해서는 안 될 일을 저지르고 말아요. 같은 처지의 몇 사람과 투합해 레코드숍을 털려고 했던 거지요. 그런데 매튜를 포함한 그들 모두가 아무래도 어수룩한 사람들이었나 봅니다. LA의 경찰에게 바로 붙잡히고 말았으니까요. 눈부시게 화려한 엘튼 존Elton John풍 노래를 써 부르겠단 꿈으로 상경한 그는 그렇게 교도소에 갇히는 신세가 됩니다.

어쨌든 그런 사람이 있었는데요. 더는 아닙니다. 매튜가 매튜가 아니게 된 시점은, 사 년 반의 복역을 선고받은 교도소 생활 가운데 일어났습니다. 바로 쿠바의 전설적인 라틴 재즈 음악가들의 재결합을 담은 영화 〈부에나 비스타 소셜 클럽〉을 접하고 나서부터. 그는 곧 쿠바의 음악과 사랑에 빠지게 됩니다. 그뒤로 놓아버렸던 클래식 기타를 다시 품으며 쿠바의 공용어인 스페인 말을 열심히 공부합니다. 그리고 그 나라의 말로 노래를 지어 감방을 함께 쓰는 이들에게 들려주기 시작하지요. 그러면서 자신을 매튜가 아닌 스페인식의 마테오Mateo라 불러달라 청합니다. 그렇게 매튜라는 이름으로 입소하여 형기를 다 마칠 즈음, 그는 마테오 스톤맨이라는 사람이 되어 출소합니다.

그리하여 기타 하나만을 갖고서 곧장 쿠바로 날아간 마테오는 가만히 앉아 노래를 부를 수 있는 곳이면, 어디든 가리지 않고 그 일을 했습니다. 물론 처음엔 로스앤젤레스에서의 생활과 크게 다르지 않았을 테고 어쩌면 더 혹독했을지도 모릅니다. 그렇지만 이번에는 묵묵히 노래만 불렀지요. 그의 붉은 머리를 석양이 더 붉게 물들일 때까지. 말레

콘 해변 방파제에 부딪히는 파도가 조금씩 새까매질 때까지. 다만 마테오가 부르는 노래의 빛은 이보다 밝았고 귓가에 그 빛이 들자 지나던 사람들이 모이기 시작했습니다. 그렇게 쿠바의 방식으로 노래를 부르는 이 백인 남성의 사연이 지역 언론에까지 알려지지요. 어느덧 마테오는 꽤 주목받는 뮤지션이 됩니다. 그리하여 동경하던 쿠바의 음악가들과 함께 음반 작업을 할 수 있는 기회가 주어져, 마침내 2004년 첫 앨범 《Mateo》를 발매합니다.

겨울에 난 이 음반을 자주 꺼내 듣습니다. 그의 음악은 바삐 걷던 내게 일단 여기 앉아보라 권유하는 거 같고. 잘될 테니 걱정 말라 다독이는 거 같고. 지금 손에 쥔 사랑 놓지 않아도 된다 충고하는 거 같아요. 그렇게 그 노래는 어디 아늑한 골목 어귀에서 나한테만 불러주는 노래가 되어, 가만히 듣고 있자면 멀리 다가오는 봄을 혼자 예감하도록 합니다. 그리고 더 너머에 있는 여름까지 곰곰이 예상하도록 하지요. 그러다보면 어느새 흘러버린 지난여름은 어땠더라, 반추하고 있습니다. 불현듯 풀냄새가 나는 거 같고. 좀 있으면 땀이 조금 날 거 같고. 노래는 이 땀 식혀주러 내

주변에 한가한 아무 바람이나 불러올 거 같습니다. 지구 반대편, 마테오는 아직도 그곳에서 그런 노래를 부르는 중이겠지요.

인간은 늘 어리석고 둔하지만, 누구에게나 특히 더 그렇게 돼버리는 시기가 있는 거 같아요. 마테오가 마테오가 아니었을 무렵, 절도죄를 저질러 감옥에 갇혔을 때처럼 말입니다. 다만 그의 음악을 들으면서 생각해요. 삶은 자주 엉망이지만 거기엔 내 몫의 아름다움이 언제나 아직 남아 있고, 그 아름다움은 반드시 예정되어 있다고. 마테오의 노래를 듣는 난 아직도 더럽고 치사하지만, 언젠가는 아니게 될 수도 있지요. 이제부터 착해지고 예뻐지겠다, 맘먹고서 지은 노래를 다른 사람들한테 들려주는 날이 올지도 모릅니다. 아니 분명 그럴 거예요. 나에게는 나의 아름다움이 준비되어 있다고 믿으며 살면 말입니다. 마테오가 된 매튜가 그걸 증명했잖아요.

2

월

20

일

시

# 겨울꿈

눈보다 비가 더 잦았다

희부연 창을 대강 훔칠 때마다
바깥의 풍경은 자주 달라져 있었다

내가 너와 함께 있는 장면도 있다
여기 있는 내가 다 알지는 못하지만
서로 바라보는 이유가 같아 보였다

그렇게 한 일 년 정도 아름다운 다음
내 손으로 창을 열어젖혔다

덥지도 춥지도 않은 날씨가 이어졌다

더이상 한밤중에 잠 설치지 않으니
다음날 하루종일 온몸이 가뿐했다

못 본 사이 예뻐졌다 소리 많이 듣고
호주머니 안에는 돈이 늘 두둑했다

시절은 이제 좋아졌으며
아무도 사랑하지 않았다

# 2
# 월
# 21
# 일

## 에세이

## 종점 일기 3
—피라미드

승객으로 가득한 버스 안에서 P형을 보았다. 형은 나를 보지 못한 듯싶었다. 사람들 사이를 헤집고 가 툭툭 어깨를 치고선 잘 지내셨어요? 인사를 건네는 상상을 했으나 현실로 만들진 않기로 했다. 뒷머리를 멋있게 기른 형은 좋아 보였다. 곁에 있는 사람과는 서로가 살뜰히 대하는 사이인지, 같이 한참 웃음 짓기도 했다. 사람들이 한꺼번에 하차하는 서울 왕십리. 형도 거기 껴서는 어느새 멀어졌고 나는 왠지 마음이 놓였다.

P형은 오래전 내가 아르바이트를 했던 곳에서 만난 사람이다. 아주 어릴 적부터 춤을 춰왔다고 했는데, 그것은 형의 몸맵시만 봐도 알 수 있었다. 형은 노래 실력도 뛰어났다. 노래방에서 발라드를 부르던 그 목소리가 슬프고도 감미로

워 한숨이 나올 정도였으니 말이다. 그러니까 주머니에서 물건 꺼내듯, 쉽게 자기가 지닌 재주를 펼칠 수 있는 사람이었다. 하루는 연기 학원을 꽤 다녔다며 어느 희곡에 나오는 독백 연기를 보여줬다. 그 큰 눈망울에 눈물이 금세 고이는 것을 목격했을 때는 절로 감탄이 나왔고 이내 몽롱해졌다. 사람이 이렇게나 반짝일 수 있다니! P형하고 있는 시간은 언제나 이상하고 아름다웠다. 언젠가 형은 영화에 나오고 싶다고 말했다. 티브이 드라마도 좋고 뮤지컬 무대도 설 수 있다면 좋겠지만, 그래도 최우선은 영화일 거라고. 그러니 언젠가 영화관에서 자기를 볼 수 있을 거라고. 빛나는 예감을 온몸으로 느끼는 사람의 옆모습은 잊을 수 없는 종류의 것이다. 나 자신의 앞날은 몰라도 이 사람의 미래는 눈앞에 선명했으므로, 앞으로 수많은 감탄사가 P형을 따라다니겠지. 이런 생각에 내가 뭐라고 가슴이 얼른 뻐근해졌다.

내가 그 일을 관두고 난 후에도, P형은 전화로 먼저 안부를 묻는 자상한 사람이었다. 추석이면 즐거운 추석 보내렴. 해가 바뀌면 새해 복 많이 받아. 언제는 대학로 소재 극단에 들어가 무대에 서게 됐다며 내게 관람권을 보내주기도 했다. 무대 위에서 형은 늘 그랬듯, 유리창을 통과한 빛줄기같이 가장 어여뻤다. 인사를 전하러 대기실로 향했을 때는 꽃과 사람에 둘러싸인 모습을 볼 수 있었다. 와중에 형은 나를 발견하고는 보러 와줘서 고맙다며 꼭 끌어안았다. 그런 형을 안으며 나 또한 누군가에게 다정한 이가 되고 싶다고 생각했다. 지내는 데 탈은 없는지, 지금 안전한지 앞서서 묻는 사람. 형보다 늘 한발 늦는 나는 그러니까 이 사람이 언제나 그가 되고 싶은 온전한 자신이 되기를, 부디 계속 그렇게만 나아가기를 뒤에서 응원할 뿐이었다.

그런데 어느 시점부터 P형과 연락이 닿지를 않았다. 무대에 오르느라 바쁘겠다 싶어, 형 요즘은 어떤 무대에 서세요? 건강하시죠? 같은 문자메시지를 보내 안부를 물었다. 그때마다 답신은 없었지만 섭섭하지는 않았다. 자신의 힘과 운명을 다하는 사람 앞에선 응원의 말밖에는 달리 할 수 있는 일이 없기 때문이다. 하지만 시간이 흐를수록 나 또한 내 힘과 운명을 들여야 하는 일이 늘어갔으므로 형과는 그렇게 점차 소원한 사이가 되었다.

그후 여러 해가 지난 어느 날, P형에게서 문자메시지가 왔다. 간만에 얼굴 좀 보자. 형이 나를 불렀으니 망설임이라곤 없었다. 도대체 어떻게 된 일이에요, 내가 물으면 그간 있었던 일을 모두 털어놓을 거라고, 그리고 그 이야기는 사소한 부분까지 분명 형을 닮아 이상하고 아름다울 것이라고, 나서는 길에 생각했다. 호프집에 들어서자 보인 P형은 짧게 깎은 머리와 턱에 난 거뭇한 수염 탓인지 기억 속 모습과는 달라 서먹했다. 형 앞에는 누군가가 앉아 있었다. 나를 발견한 형이 번쩍 손을 들자 그 누군가도 뒤돌아 나를 보았는데 처음 보는 사람이었다. 낯선 이를 살피느라 제대로 된 회포도 풀지 못하고, 어정쩡 앉아서는 곧장 요즈음 형편 얘기를 나눴다. 형은 공연 일을 좀 쉬고 있다고 말했다. 그리고 그동안 돈을 벌기 위해 다른 일을 했는데, 지금 내 옆에 있는 사람이 그 일로 알게 된 '형님'이라는 것이었다. 그 형님이라는 이는 내게 지금 무얼 하고 있는지, 장래에는 무엇을 할 계획인지를 꼬치꼬치 묻기 시작했다. 이 상황이 잘 이해가 가질 않아 바라본 P형은 그저 고개만 까딱하고 있었다.

형님이라는 사람은 내 처지를 듣고는 자못 놀라워하더니, 본인이 이런저런 일을 하고 있는데 그중 꽤 돈이 되는 일이 있다며 내게 알선해주겠다고 말했다. 그러고는 가입할 때 따로 돈을 내지 않는다느니, 수익이 보장된다느니, 물건을 반드시 구매할 필요는 없다느니, 들어보면 결국 같은 말만 되풀이했는데, 그 끝은 다음주 수요일에 있는 모임에 꼭 참석하라는 것이었다.

"그러니까 이건 결국 누구나 다 잘되는 일인 거지."

누구나 다 잘된다니! 그것은 물론 내가 꿈꾸는 세상이긴 했지만, 지금 세상에서 그런 일은 거저 주어지지 않고 먼저 손 내밀지도 않는다고. 그때의 나는 이 세상의 규칙을 어느 정도 이해하고 있을 무렵이었다. 통 믿을 수 없는 이야기, 누구나 다 잘되는 그 일은 그러니까 피라미드, 쉽게 말해 다단계 판매 사업 같은 것이었다.

맥주 한 잔에 마른오징어 정도만을 먹고 우리는 나섰다. P형은 시간이 없어 밥도 제대로 먹지 못하고 헤어지는 것이 아쉽다고 말했다. 그때 형은 좀 야위어 보였고 중요한 물건을 두고 온 사람같이 썩 초조해 보였다. 그러고 보니 앉아서 보낸 시간 내내 한 번도 웃음을 보인 적이 없었다. P형은 내 등을 두들기면서 그럼 다음주 수요일에 꼭 보자며 자그맣게 미소 지었고 나는 그러겠다 말로만 대답했다. 그렇게 P형은 형님이라는 사람과 함께 어지러이 떠드는 사람들 속으로 사라졌다.

집으로 돌아가는 버스에서 나도 귀중한 걸 잃어버린 사람같이 조마조마했고 푸석푸석했다. 노여움이나 서운함보다는 안타까움에 가까웠다. 다만 계속 애처로워하지만은 말자고 여겼다. 차가 길고 어두운 터널에 들듯이 사람도 그러한 구간을 통과할 때가 있으니. 물론 나는 돌아오는 수요일에 형을 보러 가지 않았다. 이후 몇 차례 연락이 더 오고 갔으나, P형을 마주한 건 그때가 마지막이었다.

꼭 티브이이나 스크린이 아니어도 되니까, 부디 다음번에 보게 될 형의 얼굴이 맑고 해사하기만을 바랐다. 그러니 여러 해가 지난 오늘 버스에서 우연히 본 P형이 밝게 웃었을 때, 잃어버린 물건을 다시 찾은 듯이 마음 놓인 이유도 그 바람 때문이었을 것이다. 다만 수년 전 그날 쓸어모았던 내 마음 부스러기는 집으로 돌아와 이런 글을 끄적이도록 만들었다.

그 여름에 이름을 외워 부른 사람은
사는 게 춤이었다
비 맞은 자두나무 열매 같은 얼굴을 하고
다가오는 가을 너머에 겨울 나이 먹어 봄
때마다 거처를 옮기며 살며
그곳에서 하고 싶은 것을 말하고는 했다
자주 나의 이름을 잘못 불렀으나
고개 돌려 보고 싶은 사람이었다

그 이름을 다시 부르는 여름
나를 보며 여전하다, 말하는 사람
어쩐지 옆모습밖에는 안 보이고
어디서 가져온 믿음을 업은 채
찌를 듯이 뾰족한 지붕은 먼데

태양이 많은 길 한복판에 그는
맨 아래 가장자리쯤 서 있었다
너도 여전하다 말은 했으나 불가사의했다

내 근황을 듣고 흠칫 놀라 하면서
앞모습의 행방과 공중누각에 관해
묻기도 전에 손을 먼저 꽉 잡으며
가난을 죽이고 못 가본 세상에서
누구나 다 잘되는 신화 같은 이야기
비법에 관한 모임이 수요일에 있다고 하는
그가 입은 하얀 옷 붕대를 감은 듯한
옷감 안쪽 바람 소리는 희망이 내고

들으면 나도 잘 모르고 싶었다
그러나 정면을 내어주지는 않는다
생각해보겠다 답하는 입속에는 모래알이 씹혀
헤어질 때 그만 그의 이름을 잘못 불렀는데
고개 돌려 날 보는 그는 자긴 항상 거기 있다고
사각뿔 모양 큰 믿음을 등에 업고 멀어질 때

돌아오는 요일이 넘치도록 비가 오면 좋겠다

맑더라도 비가 오게 나라도 춤춰야겠다

# 2 월 22 일

# 시

## 피부와 마음*

나는 바짓단을 접고 맨발로
한 손에 신발 한 손에 여행 가방
눈이 녹으면서 드러나기 시작한
사람들을 주우러

손으로 툭툭 털거나 입으로 후 불어
얼굴을 확인한 다음
쥐고 있는 손을 펴면
내 마음이 들려 있고

그걸 입안에 넣고 잠잠히
녹기만을 기다린다 십오 분 정도
몸에 좋은 것이 입에는 쓴 법이다

어른들의 말을 되새기면서

줄어든 사람의 몸은 이제 볼일 없지만
두고 떠난다면 쓰레기 무단투기이므로
여행 가방 안에다 차곡차곡 쌓아두고
집으로 가 종량제봉투에 다시 담아 배출한다

아예 처음부터 쓰레기봉투를 손에 들고
땅만 보며 다니는 사람도 있는데
그게 뭐 그렇게 자랑할 거리라고
대부분은 나처럼 여행 가방을 이용한다

그런데 이렇게나 작아지는 걸 보면
마치 사라지기를 바랐던 거 같은데
왜 아주 사라지지는 않을까
그게 나는 항상 의아하고

누군가의 손에 들린
사소한 내 모습도 이 세상

어딘가에 있다는 생각이

자주 나를 웃게 하고

---

* 다자이 오사무가 쓴 소설 제목을 차용.

# 2 월 23 일

# 편지

# 계절 서간
## —겨울

입동을 지나니 바람이 쌀쌀해졌습니다. 절기는 과학이란 말을 우스개로 하곤 하는데, 아무래도 정말인 거 같아요. 그러니 어느새 겨울이네요. 시간은 이렇게나 빨리 흐릅니다. 그 보폭에 발맞춰 마음도 점점 서늘해지겠고. 차디찬 몸 안팎을 부지런히 데우며, 뚜벅뚜벅 다가온 새 계절의 눈은 피하지 않으면서. 도래할 나날에 살포시 기대를 걸어봅니다.

아니, 사실 말하자면 이건 기대하는 척이에요. 옮겨온 뒤 사계절을 다 맞이했는데도 아직 이곳은 서먹하기만 하고. 그 때문인지 정신과 마음 그리고 몸까지 도통 수선해서 가만히 앉아 있기 어려울 정도입니다. 그렇게 밖으로 나서도 눈에 계속 들어오는 건 습지와 앙상해져가는 나무 그 위를 낮게 나는 새들. 겨울에 이미 속한 그들로부터 난 어떠한 마음도 옮기지 못한 채, 조금 축축해져 돌아오곤 합니다.

그러고는 책상 앞에 앉아 흰 종이를 두고서 무엇을 쓸 수 있지? 생각합니다. 언젠가부터 계속 같은 말만 되풀이하고 있다는 느낌이 들어요. 그래서 궁리하다 아무 말이나 적은 다음 그걸 혼자 소리 내곤 합니다. 그런 다음 연필을 내려놓아요. 더 깊이 파고드는 대신, 이만하면 되었다고 여기는 게으름. 이런 적당주의가 내 작품세계를 넓히는 일을 방해하고 있다고 염려는 합니다. 그러나 이로부터 빠져나올 노력은 그리 크게 기울이지 않고요. 그런데도 용케 배는 고파져선, 어떻게 하면 끼니를 잘 때울까나 한참 고민하지요.

앞으로의 살림을 살뜰히 챙겨나갈 방도도 슬슬 계획해야 할 시기입니다. 요즈음 자기소개서를 쓰며 나름의 이력도 쭉 살피게 되는데, 그때마다 어쩐지 지금껏 잘못 살아온 거 같다는 느낌에 사로잡히기도 해요. 그러니까 맨 처음, 어떤 실수나 오류 같은 게 있었는데 그걸 제때 바로잡지 못해, 여기까지 이르게 된 건 아닐까. 어디 가서 나는 읽고 쓰는 사람입니다, 스스로를 소개하지만 그러는 동안 치열하게 사유하긴커녕, 더 나아지겠단 노력조차 들이지 않는. 그저 어정쩡한 자세로 서 있는 사람이 된 거 같다는 생각. 하지만 내 타고난 명랑은 곧잘 낙관주의로 이어져선 종국엔 다 잘 될 것이다, 이런 근거 없는 희망을 속에 품게 하고 말지요. 그러니까 그다지도 슬퍼하진 않는 거예요(이게 과연 다행인 일일까요?).

만나는 이마다 근황을 물어올 때, 난 호시절을 보내면서 즐거워하는 사람인 척합니다. 나를 쓸모 있게 만들어야 한다는 강박 따윈 이미 버린 현명한 사람인 것처럼 굽니다. 사람들의 시선 따위에는 아랑곳하지 않는 튼튼한 사람인 것 같이 행동합니다. 그런 시늉을 하는 동안에는 정말로 그런 사람이 된 기분이 드니까요. 그러고선 집에 돌아와 아무것도 하지 않으며 누워 천장을 바라보고 있습니다. 아무 의미 없는 말을 혼자서 하기도 하고요.

당신 이름을 입으로 소리 내보아도, 좀처럼 나아지지 않는 그런 때입니다. 당신은 무얼 하고 계세요? 다만 그곳에서 추워하고 있을까 걱정입니다. 여기는 곧 있으면 이보다 더 추운 날이 몰아닥칠 거예요. 지난겨울 살았던 집에 수도가 꽁꽁 얼어 며칠 애먹은 적이 있습니다. 차고 딱딱해지지 않기 위해서는, 따뜻이 그리고 조용히 흐르고 있어야 하는구나, 그때 생각했지요. 온기를 품는다는 건 이 세상에서 얼마나 귀한 일인가요. 당신이 지금 곁에 있다면, 나도 그게 가능할 텐데요.

2
월
24
일

시

## 해빙기

다다른 저수지의 풍경이
쓸쓸하고 막막하지만
겨울 탓만 할 수 없었다

수심이 깊고 얼음이 깨질 수가 있으니
위험합니다

들어가지 마세요

쌓인 눈 위로는 이미
여러 사람의 발자국

사랑은 너무하고 무모해서

사람을 계속 걷게 했구나

아주아주 작고 조용해서
인간의 눈에 띄지 않는 것을 위해
나직한 노래를 시키며

물이 얼어서 된 얼음 아래
슬픔이 코 고는 소리

2

월

25

일

시

# 돌아온 이야기

채소와 달걀과 우유와 생선
무화과랑 올리브가 든 빵

작고 잦은 노래
몰래 추는 춤

누가 시켰는지
이제는 도저히 알 수 없는

오래된 심부름 다녀오는 길

저마다의 산과 바다를
모두가 등에 업은 채로

그러니 꼭 바퀴 달린 침대 위가 아니어도
길을 막 나선 사람에게 말해줄 수 있겠지

다들 얼마나
사랑받고 싶어하는지 모른다고

2

월

26

일

# 에세이

## 종점 일기 4
—평행우주

가끔은 사람이 가득 탄 버스에 앉아 창밖을 보고 있는 나를, 바깥에서 또다른 내가 지긋이 바라보는 장면을 머릿속에 그려본다. 이 터무니없는 상황은 정지 신호를 받은 버스가 아주 잠깐 정차하는 사이의 일. 차는 이내 출발해서, 그 안의 나는 바깥에 또다른 내가 산다는 사실을 영원히 모른 채 살게 된다. 이 두 명의 나는 어쩐지 서로가 느끼는 마음을 고스란히 알 수 있기 때문에, 바깥의 나는 저 많은 사람 가운데 내 생각과 감정을 모두 아는 이가 있다는 사실만으로 위로받는 듯하고. 그래서 버스가 멀어져도 쓸쓸해지기보다 오히려 더 기운을 차린다. 버스에 몸을 싣고 있는 나도 이유는 몰라도 기운을 좀 내게 되면서, 곧 입맛이 당겨 저녁에 무얼 먹을 건지도 곰곰이 생각한다. 그렇게 집으로 향하는 내 손에는 채소와 달걀과 우유와 생선이 담긴 장바구니가 쥐어져 있다. 이때의 나는 그 둘 중 누구일까(그건 별로 중요하지 않다).

누군가는 우리가 사는 이 우주와 비슷하나, 아주 다른 세계가 존재할 수도 있다고 가정한다. 그것도 무한하게. 지금 여기와 흡사한 듯하지만, 들여다보면 다른 일이 벌어지는 무수한 세계. 그 이론이 사실일지는 누구도 모르지만 지금 내가 살고 있는 이곳과 같은 시간의 선상, 하지만 크게 다른 위치에 놓인 어떤 세상을 상상해본다. 또다른 나는 그곳에서 안녕한가. 그곳의 나도 섬과 달 둘 중 누가 더 바다를 사랑하나 견주어볼까. 그걸 가지고 내기를 하자는 사람이 그 곁에 있을까. 그곳의 나는 어디에서 살까. 이곳의 나처럼 서재도 부엌도 침실도 다 되는, 한겨울이면 입김 보는 데서 살까. 그곳의 나는 무엇 때문에 울고 웃을까. 어떤 음식을 좋아하고 어떤 신을 믿을까. 알 수 있는 것은 없지만.

흘깃 보아도 매끈하다 느껴지는 스포츠카가 버스 옆에 섰다. 신호가 바뀌면 폭발적 속력으로 저만치 앞서갈 모습이 눈에 선한 차. 날렵하고 세련된 저 차를 운전하는 사람에게는 어떤 삶이 전개되고 있을까. 저 사람도 사는 것이 자주 자주 슬플까. 후회가 남는 일이 계속 생각나 두 눈 꼭 감을까. 일이 점점 뜻대로 되지 않으면 순 억지를 부릴까. 가지지 못한 것이 있어 매일 밤 꿈에서나 가질까. 희뿌연 진실 앞에 어쩔 줄 몰라 이리저리 헤맬까. 내가 알 수 있는 것은 없지만, 다른 우주가 정말 존재한다면, 이곳과는 또다른 사건과 조건으로 생겨난 그곳에선 저런 차를 모는 내가 있을지도. 그런 나는 삶이란 쓸쓸하고 괴괴하고 답답한 게 아니라고, 다른 이에게 말해줄 수 있을까. 어쩐지 사뭇 망설여진다.

저이도 저 나름의 시름이 있을 것이다. 의지할 데 없어 오는 저 나름의 외로움이 있을 것이다. 나와 함께 버스를 탄 이 사람들도 마찬가지. 각자 저 나름의 근심을 가지고, 울기도 웃기도 하다 기운을 다시 차리고서 아직 자기가 없는 그곳을 향해 부지런히 가고 있는 것이다. 딱 자기 몸만한 고통을 안에다 지니고서. 이런 생각을 하면 괜스레 신비하고 그래서 흐리멍덩해지다 이내 서글픈 마음이 된다. 같은 시간 위에 있음에도 다들 외따로이 존재해서, 그러는 바람에 서로를 알아봐주지 못하고 또 보듬어주지 못하는 것이. 나는 나를 떠날 수 없고 우리는 우리를 떠날 수 없다는 것이.

그래서 이런 우주를 머릿속에 그려본다. 사람들 간에 싸움 없이 그저 서로를 존중해서 예의를 갖추는 세계. 남이야 무엇을 사랑하건 마냥 옆에서 가만히 응원을 보내는 세계. 고된 일을 하는 사람들이 대우받고 그 일을 한다는 사실에 모두가 존경을 표하는 세계. 늙은 사람과 어린 사람과 작은 동물을 함부로 대하지 않는 세계. 언제든 좋아하는 사람들과 맛있는 음식을 함께 먹을 수 있는 세계. 높게 지은 건물이나 강을 가로지르는 다리가 무너지지 않고, 여행을 나서 배에 올라탄 아이들이 섬에 잘 도착하며, 실종된 송혜희가 집에 무사히 돌아온 세계. 여기와는 아주 다른, 눈물이 먼저 없는 곳이 있다고 가정해보면 이곳의 나는 금세 순하고 또 명랑해진다.

2

월

27

일

시

## 차마

이따가 춘자 보러 가
할머니는 요즘 자주 이러신다
이미 세상을 뜬 사람하고
자꾸만 약속을 잡으셔서

춘자 할머니는 건강하세요
어디서 뵙기로 하셨는데요
말끝을 올렸다 내렸다 하며

그전에 진지 잡수셔야죠
밥솥에 쌀을 안치고
냄비에 물을 올리고

자꾸만 내 아버지 이름으로
나를 부르시며
너 키울 때 원체 고생 많았는데
요새 막 그때 꿈을 계속 꾼다니

자글자글한 손으로
상춧잎 끝을 톡톡
영원토록 떼어내시면서

2

월

28

일

시

# 봄꿈

실개천을 따라 가지런히
일렬로 늘어선 겨울나무

그 아래를 처음 지나고 있을 때
나와 함께 걷는 이가 말했다

봄이 되면 이 길 위로
벚꽃이 잔뜩 핀다고

다시 올려다보면 더운 저녁 하늘 같은
어지러운 분홍빛이 기다랗게 이어지고

우리보다 앞서 걷는 우리 둘의 시간을

재바르게 좇으면서

이제 나도 저 겨울나무의 이름을 안다
만나는 사람마다 자랑하고 싶었다

# 2 월 29 일

# 편지

# 계절 서간
## —추신

윤일, 일종의 덤이고 곁다리고 사족인 날. 군더더기 같은 말 쓰기엔 오늘만큼 좋은 날이 없겠지요. 그러니 이 편지 역시 덧붙이는 말 같은 게 될 겁니다. 별다른 사연 없이 지내는 요즈음에 난, 어쩐지 계속 기분만 손에 쥐고 사는 거 같아 그렇습니다.

아침에는 빵에다 귤잼을 발라 먹었습니다. 가을이 다 끝나갈 무렵, 당신에게 주려고 만든 잼이었어요. 아무래도 줄 일은 없겠다 싶어 그저께 뚜껑을 열었는데요. 그래도 혹시 모른다는 생각에 그제랑 어제, 이렇게 이틀 더 기다린 거지요. 그러고는 오늘 그냥 먹었습니다. 귤로 만든 잼은 역시 달콤하고 새콤했어요. 끓는 물에 유리병을 넣어 소독하고. 주황색 껍질을 벗긴 다음 겉에 하얀 실 일일이 떼고. 설

탕을 가득 넣어 약한 불로 뭉근히 끓이는 동안, 당신을 좀 그리고. 보존식 안에는 기억이 그렇게 고스란했습니다. 전해줄 수 있었다면 좋았을 텐데요. 오랫동안 생각했다는 말과 함께. 그런 바람이 담겨선지 어떤 한입은 지나치게 시큼했습니다. 길게 보존해야 하는 말이 나에게 있는 거겠지요. 잼처럼요. 그럼 난 잼이 담긴 병이고. 세상에 이렇게 달콤하고 새콤한 맛이 있는 줄도 모르는 당신은 좀 아쉽게 됐습니다.

그러고는 종일 버스를 타고서 움직이는 창밖을 내다보았습니다. 마음 없이 그저 나긋이 느긋이 하루 지낼까 했는데, 아무래도 무리였어요. 무엇 하나 지긋하게 응시하는 순간 마음이 거기 생기니까. 낮고 싯누런 겨울빛이, 준비해둔 무언가가 있는 것처럼 내 눈을 자꾸 감기는 바람에 손차양하며 보았습니다. 움츠러든 사람들이 종종걸음을 놓으며 앙상한 나무 밑을 지나고 있었습니다. 피차 다른 입에서 똑같은 모양으로 더운 김이 오르다 사라졌습니다. 그때 문득, 생겨나는 모든 일에는 이유가 있으니 그것을 늘 헤아리려고 한다는 당신의 말이 떠올랐어요. 그래서 자연스레 2월의 이유를 곰곰이 짐작해보았지요. 쌀쌀한 날씨에도 웃으며 뛰어놀던 놀이터 어린이들, 비좁은 포장마차 안에서 꼼꼼히 붕어빵을 만들어 팔던 사람, 호호 입김 불어 서로의 손을 녹이던 연인. 그리고 내 생각 속 당신까지 포함하면, 모두가 이 늦겨울의 원인이 되고. 그 가운데 난 이유가 될 수 없다는 사실이 이제는 그리 슬프지 않습니다. 오히려 이상한 안도감 같은 걸 느껴요. 물론 약간의 쓸쓸함은 있지만. 낮달을 올려다보는 기분입니다. 꽤 오래전부터 나 혼자 저녁이었던 것처럼.

겨울의 중간을 훌쩍 지나는 동안, 난 늘 그랬듯 읽고 또 쓰며 어렴풋하게 지냈습니다. 많은 눈이 내린 밤이 지나면 일찌감치 일어나, 도톰해진 희고 밝은 길 아무도 밟지 않은 자리만 골라 디디며 걸었고요. 창백한 땅에서 반사된 햇빛으로 얼굴이 조금 그을렸지만, 신경쓰지 않고 보드득 소릴 내며 일하러 가곤 했습니다. 꿈에서는 여전히 나 그리고 나 아닌 모든 것에 내내 애정을 기울이다, 돌연 매정하게 굴곤 합니다. 그렇게 마음과 마음 사이의 거리를 셈하며 바삐 다니다 어느 순간 그 틈새에 박히게 되어 어쩔 줄 몰라하지요.

어리석은 내 곁으로 이읏고 당신이 오는 꿈을 꿀 때도 있습니다. 그럼 당신의 둘레를 재느라 가만히 팔을 둘러 세상에 나와 나 아닌 모든 것을 제외하는데, 그때는 우리가 얼마나 예쁜지를 사람과 자연이 전부 나서 일러주기 시작하는 거예요. 이즈음 내 꿈의 양상이란 대개 이런 거고, 얼마 전에는 당신이 귓가에 대고 말했습니다. 사랑이 있는 곳에 집이 있다고. 이런 꿈을 꾼 날이면 새벽부터 눈을 뜨게 되고. 다시 잠들기가 어려워서 밖으로 나와 묵은눈 꾹꾹 밟으며 혼자 걸음을 옮깁니다. 점차 푸르러지다 곧 불그스름해지는 먼동 쪽에 갈 곳이 있는 사람처럼. 그렇게 아침의 노을빛을 내색 삼으면서.

해는 계속해서 길어져, 해돋이도 점점 앞당겨질 겁니다. 올해도 매실나무에 흰 꽃이 피겠지요. 가정집도 가겟집도 문짝에 또 기둥에 입춘방을 써 붙이겠고. 기러기와 오리떼는 여기보다 먼 데로 이사를 할 거예요. 그때는 굳이 인간의 말이 아니더라도 다들 이렇게 이야기합니다. 이제 다음 시절로 넘어가자고. 거뜬하고 너끈한 난 지금도 그렇게 할 수 있지만, 기쁨과 슬픔이 이어달리기하며 지평으로 내닫는 모양을 잠자코 보느라 그만 하루를 다 써버리고. 정신 차려 보면 어느새 이른 저녁이 되어 있는 겁니다. 이런 내 앞에서 가로등 불빛이 한꺼번에 켜지는 그때, 난 할일을 하듯 당신 생각을 합니다. 종이에 손가락 끝이 베일 때도, 나무로 된 문이 저 혼자 열릴 때도, 거의 다 쓴 치약 꾹 눌러 짤 때도 그렇지요. 그러고는 당신도 그랬으면 좋겠다, 조용히 혼자서 기대해요. 밤에 길 가는데 얼굴에 거미줄이 자꾸 엉킬 때. 실수로 국그릇을 엎거나 꽃병을 깨뜨렸을 때. 리모컨을 잃어버렸을 때. 날아가는 새의 그림자가 땅 위를 빠르게 지날 때. 이런 시시하고 하찮은 순간 어딘가에서 나를 꺼내어보면 좋겠습니다. 요모조모 살피다 쥐어뜯다 먼저 답하고 나중에야 물으며 그렇게 내내 연연했으면 좋겠습니다.

가슴안에 마음 대신 마른 무화과를 넣고 다니는 기분으로. 갈 곳 없이 아무 버스에나 올라 그저 장소를 옮기다보니 어느새 2월이 저 뒤에 있고. 내가 시간을 지난 건지, 시간이 나를 지난 건지 도무지 헷갈려 결국 까마득하니 앉은 채 맞이하는 3월. 그러나 오늘 같은 드물고 귀한 하루 덕분에 통과한 날들의 각주를 나 하나의 짐작만으로 달아봅니다. 크리스마스트리를 이제야 거두는 느낌이지만, 나무에 매달린 깜박이는 전구들은 이 겨울중 가장 반짝이며 빛나고. 보고만 있으려니 가야 할 곳이 내 안에 천천히 생겨나는 느낌입니다.

언젠가 그곳을 종점으로 하는 버스를 탈 수도 있겠지요. 끝내 도착한 그곳을 난 내 집이라 부를지 모르고요. 그곳에서 다시 만난 당신은 더는 내가 아는 당신이 아니겠지만, 그건 나도 마찬가지일 거예요. 대들기 어려운 슬픔을 느끼며 천천히 그 안으로 들 테고. 식탁을 사이에 두고 앉은 우린 그동안 있었던 많은 일을 서로에게 이야기해주겠지요. 각자가 마주쳤던 것, 바로 그것만을 믿으면서. 그러다 정확히 같은 이유로 서로를 바라보며 둘만으로 이 슬픔에 저항할 수 있겠다, 우리가 우리를 속이는 때가 오고. 그때는 창밖으로 노을이 지는 즈음이라, 자연 앞에 가만한 사람의 모양으로 서서 말해줄 겁니다. 이제 너 혼자 아름다워하는 것은 이 세상에 없다고.

이렇게 말해줄 날을 그저 기다리고만 있지 않을 겁니다.

곧 땅이 녹아 풀리고 연한 바람이 부는 조만간, 내가 그리로 갈 수도 있을 거예요. 그때가 올 때까지 얌전히 기다리세요. 사람과 자연이 동시에 내 집이라 부르는 곳에서. 당신이 말했듯, 사랑이 있는 곳에 집이 있으니까.

부
록

# 음악들

(차례대로 귀에 넣으면 누군가의 한 시절이 완성됩니다.)

# 반드시 크게 들을 것

1. Iron&Wine—Fever Dream
2. Kara Jackson—Lily
3. Mateo Stoneman—Rinconcito Mi Alma
4. 전진희—우리의 사랑은 여름이었지
5. Gerry Mulligan Sextet—Night Lights
6. Kings of Convenience—Comb My Hair
7. 생각의 여름—너는 내가
8. Bruno Berle—Quero Dizer
9. Kaytranada—BUS RIDE
10. Miles Davis Sextet—Old Folks
11. Beverly Glenn-Copeland—Colour of Anyhow
12. 송은지—터닝
13. Holy Hive—Float Back to You

14. Al Green—Let's Stay Together
15. Duke Ellington and His Orchestra—Tenderly
16. 소규모 아카시아 밴드—노래
17. 곽진언—그대의 것
18. Jonah Yano—anywhere
19. 강아솔—언제든 내게
20. Duke Jordan Trio—Everything Happens to Me
21. The Delfonics—LA-LA Means I Love You
22. Kendrick Lamar—LOVE.
23. Feng Suave—Show Me
24. 루시드폴—이젠 더 이상 기다리지 않아도
25. Ella Fitzgerald—Misty
26. Loving—Only She Knows
27. Helado Negro—Hometown Dream
28. Nico—The Fairest of The Seasons
29. 이태훈—끝에서 시작하는 노래

# 선릉과 정릉



**초판 1쇄 발행** 2024년 2월 1일
**초판 2쇄 발행** 2024년 2월 9일

**지은이** 전욱진
**펴낸이** 김민정
**책임편집** 김동휘 **편집** 유성원 권현승
**표지디자인** 한혜진 **본문디자인** 최미영
**저작권** 박지영 형소진 최은진 서연주 오서영
**마케팅** 정민호 박치우 한민아 이민경 박진희 정경주 정유선 김수인
**브랜딩** 함유지 함근아 고보미 박민재 김희숙 박다솔 조다현 정승민 배진성
**제작** 강신은 김동욱 이순호
**제작처** 영신사

**펴낸곳** (주)난다
**출판등록** 2016년 8월 25일 제406-2016-000108호
**주소** 10881 경기도 파주시 회동길 210
**전자우편** nandatoogo@gmail.com **페이스북** @nandaisart **인스타그램** @nandaisart
**문의전화** 031-955-8875(편집) 031-955-2689(마케팅) 031-955-8855(팩스)

**ISBN** 979-11-91859-76-8 03810


○난다는 (주)문학동네의 계열사입니다.